山田社
日檢書

ここまでやる、だから合格できる　竭盡所能，所以絕對合格

附贈 MP3

心智圖 絕對合格 全攻略！

新制日檢 必背かならずあんしょう 必出かならずでる 文法 N2

吉松由美・西村惠子・大山和佳子・
山田社日檢題庫小組 ◎ 合著

前言

preface

《絕對合格 全攻略！新制日檢 N2 必背必出文法》精心出版較小的 25 開本，
方便放入您的包包，為的就是要您利用在公車站等車、坐捷運，或是喝咖啡等人的時間，
走到哪，學到哪，隨時隨地增進日語文法力，輕鬆通過新制日檢！

不僅如此，更採用適合小開本的全新排版，一眼就能看到重點！

瞬間回憶關鍵字＋
直擊考點全真模擬考題＋「5W+1H」細分使用狀況
再搭配「圖像式文法心智圖」，
一張圖迅速統整，過目不忘！
最具權威日檢金牌教師，竭盡所能，濃縮密度，
讓您學習效果再次翻倍！

《心智圖 絕對合格 全攻略！新制日檢 N2 必背必出文法》百分百全面日檢學習對策，讓您制勝考場：

★「以一帶十機能分類」幫您歸納，腦中文法不再零亂分散，概念更紮實，學習更精熟！
★「秒記文法心智圖」圖解文法考試重點，像拍照一樣，一看就記住！
★「瞬間回憶關鍵字」濃縮文法精華成膠囊，考試瞬間打開記憶寶庫。
★「5W+1H」細分使用狀況，絕對貼近日檢考試，高效學習不漏接！
★ 類義文法用法辨異，掃清盲點，突出易混點，高分手到擒來！
★ 小試身手分類題型立驗學習成果，加深記憶軌跡！
★ 必勝全真模擬試題，直擊考點，全解全析，100% 命中考題！

本書提供 100%全面的文法學習對策，讓您輕鬆取證，制勝考場！特色有：

100%分類　「以一帶十機能分類」，以功能化分類，快速建立文法體系！

書中將文法機能進行分類，按關係、時間、原因、結果、條件、逆說、觀點、意志、推論⋯等共 13 章節，幫您歸納，以一帶十，把零散的文法句型系統列出，讓學習更有效果，文法概念更為紮實，學習更為精熟。

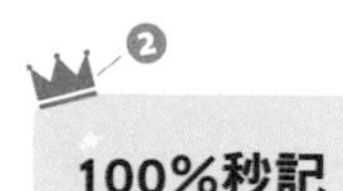

100%秒記　「秒記文法心智圖」圖解文法考試重點，像拍照一樣，一看就記住！

本書幫您精心整理超秒記文法心智圖，透過有效歸納、整理的關鍵字及圖表，讓您學習思維在一夕間蛻變，讓您學習思考化被動為主動。

化繁為簡的「心智圖」中，「放射狀聯想」讓記憶圍繞在中央的關鍵字，不偏離主題；「群組化」利用關鍵字，來分層、分類，讓記憶更有邏輯；「全體檢視」可以讓您不遺漏也不偏重某項目。這樣自然能夠將文法重點，長期的停留在腦中，像拍照一樣，達到永久記憶的效果。

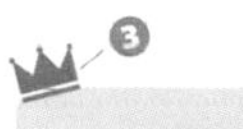

100%濃縮　「瞬間回憶關鍵字」濃縮文法精華成膠囊，考試瞬間打開記憶寶庫！

文法解釋為什麼總是那麼抽象又複雜，每個字都讀得懂，但卻很難讀進腦袋裡？本書貼心在每項文法解釋前加上「關鍵字」，也就是將大量資料簡化的「重點字句」，去蕪存菁濃縮文法精華成膠囊，幫助您以最少時間就能輕鬆抓住重點，刺激聯想，進而達到長期記憶的效果！有了這項記憶法寶，絕對讓您在考試時瞬間打開記憶寶庫，高分手到擒來！

100%細分　「5W+1H」細分使用狀況，絕對貼近日檢考試，高效學習不漏接！

學習日語文法，要讓日文像一股活力，打入自己的體內，就要先掌握文法中的人事時地物（5W+1H）等要素，了解每一項文法、文型，是在什麼場合、什麼時候、對誰使用、為何使用，這樣學文法就能慢慢跳脱死記死背的方式，進而變成一個真正屬於您且實用的知識！

因此，書中將所有符合 N2 文法程度的 5 個 W 跟 1 個 H 等使用狀況細分出來，並列出相對應的例句，讓您看到考題，答案立即選出！

100%辨異　類義文法用法辨異，掃清盲點，突出易混點，高分手到擒來！

書中每項文法，還特別將難分難解刁鑽易混淆的文法項目，用「比一比」的方式進行整理、歸類，並分析易混淆文法間的意義、用法、語感、接續…等的微妙差異。讓您在考場中不必再「左右為難」、「一知半解」，一看題目就能迅速找到答案，一舉拿下高分！

100%實戰　立驗成果文法小練習，身經百戰，成功自然手到擒來！

每個單元後面，皆附上文法小練習，幫助您在學習完文法概念後，「小試身手」一下！提供您豐富的實戰演練，當您身經百戰，成功自然手到擒來！

100%命中　必勝全真模擬試題，直擊考點，全解全析，100% 命中考題！

每單元最後又附上，金牌日檢教師以專業與實力精心撰寫必勝模擬試題，試題完整掌握新制日檢出題傾向，並參考國際交流基金和及財團法人日本國際教育支援協會對外公佈的，日本語能力試驗文法部分的出題標準。此外，書末還附有翻譯及直擊考點的解題分析！讓您可以即時演練、即時得知解題技巧，就像有個貼身日語教師幫您全解全析，帶您 100% 命中考題！

100%情境　日籍教師親自錄音，發音、語調、速度都力求符合新日檢考試情境！

書中所有日文句子，都由日籍教師親自錄音，發音、語調、速度都要求符合 N2 新日檢聽力考試情境，讓您一邊學文法，一邊還能熟悉 N2 情境的發音，這樣眼耳並用，為您打下堅實基礎，全面提升日語力！

目錄

contents

N2 題型分析

測驗科目（測驗時間）		試題內容				
		題型			小題題數＊	分析
語言知識、讀解（105分）	文字、語彙	1	漢字讀音	◇	5	測驗漢字語彙的讀音。
語言知識、讀解（105分）	文字、語彙	2	假名漢字寫法	◇	5	測驗平假名語彙的漢字寫法。
語言知識、讀解（105分）	文字、語彙	3	複合語彙	◇	5	測驗關於衍生語彙及複合語彙的知識。
語言知識、讀解（105分）	文字、語彙	4	選擇文脈語彙	○	7	測驗根據文脈選擇適切語彙。
語言知識、讀解（105分）	文字、語彙	5	替換類義詞	○	5	測驗根據試題的語彙或說法，選擇類義詞或類義說法。
語言知識、讀解（105分）	文字、語彙	6	語彙用法	○	5	測驗試題的語彙在文句裡的用法。
語言知識、讀解（105分）	文法	7	文句的文法1（文法形式判斷）	○	12	測驗辨別哪種文法形式符合文句內容。
語言知識、讀解（105分）	文法	8	文句的文法2（文句組構）	◆	5	測驗是否能夠組織文法正確且文義通順的句子。
語言知識、讀解（105分）	文法	9	文章段落的文法	◆	5	測驗辨別該文句有無符合文脈。
語言知識、讀解（105分）	讀解＊	10	理解內容（短文）	○	5	於讀完包含生活與工作之各種題材的說明文或指示文等，約200字左右的文章段落之後，測驗是否能夠理解其內容。
語言知識、讀解（105分）	讀解＊	11	理解內容（中文）	○	9	於讀完包含內容較為平易的評論、解說、散文等，約500字左右的文章段落之後，測驗是否能夠理解其因果關係或理由、概要或作者的想法等等。
語言知識、讀解（105分）	讀解＊	12	綜合理解	◆	2	於讀完幾段文章（合計600字左右）之後，測驗是否能夠將之綜合比較並且理解其內容。
語言知識、讀解（105分）	讀解＊	13	理解想法（長文）	◇	3	於讀完論理展開較為明快的評論等，約900字左右的文章段落之後，測驗是否能夠掌握全文欲表達的想法或意見。
語言知識、讀解（105分）	讀解＊	14	釐整資訊	◆	2	測驗是否能夠從廣告、傳單、提供訊息的各類雜誌、商業文書等資訊題材（700字左右）中，找出所需的訊息。

聽解（50分）	1	課題理解	◇	5	於聽取完整的會話段落之後，測驗是否能夠理解其內容（於聽完解決問題所需的具體訊息之後，測驗是否能夠理解應當採取的下一個適切步驟）。
	2	要點理解	◇	6	於聽取完整的會話段落之後，測驗是否能夠理解其內容（依據剛才已聽過的提示，測驗是否能夠抓住應當聽取的重點）。
	3	概要理解	◇	5	於聽取完整的會話段落之後，測驗是否能夠理解其內容（測驗是否能夠從整段會話中理解說話者的用意與想法）。
	4	即時應答	◆	12	於聽完簡短的詢問之後，測驗是否能夠選擇適切的應答。
	5	綜合理解	◇	4	於聽完較長的會話段落之後，測驗是否能夠將之綜合比較並且理解其內容。

＊「小題題數」為每次測驗的約略題數，與實際測驗時的題數可能未盡相同。此外，亦有可能會變更小題題數。

＊有時在「讀解」科目中，同一段文章可能會有數道小題。

＊符號標示：「◆」舊制測驗沒有出現過的嶄新題型；「◇」沿襲舊制測驗的題型，但是更動部分形式；「○」與舊制測驗一樣的題型。

資料來源：《日本語能力試驗JLPT官方網站：分項成績・合格判定・合否結果通知》。2016年1月11日，取自：http://www.jlpt.jp/tw/guideline/results.html

本書使用說明

Point 1 秒記文法心智圖

有效歸納、整理的關鍵字及圖表，讓您學習思維在一夕間蛻變，思考化被動為主動！

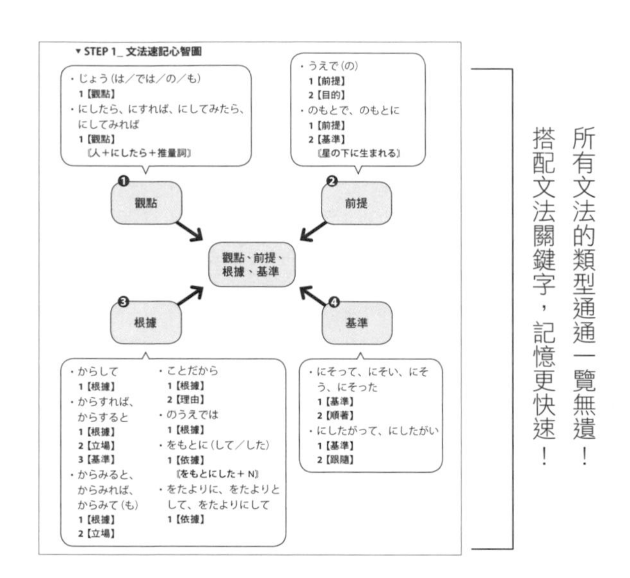

所有文法的類型通通一覽無遺！

搭配文法關鍵字，記憶更快速！

Point 2 瞬間回憶關鍵字

每項文法解釋前加上「關鍵字」，也就是將大量資料簡化的「重點字句」，幫助您以最少時間就能輕鬆抓住重點，刺激聯想，進而達到長期記憶的效果！

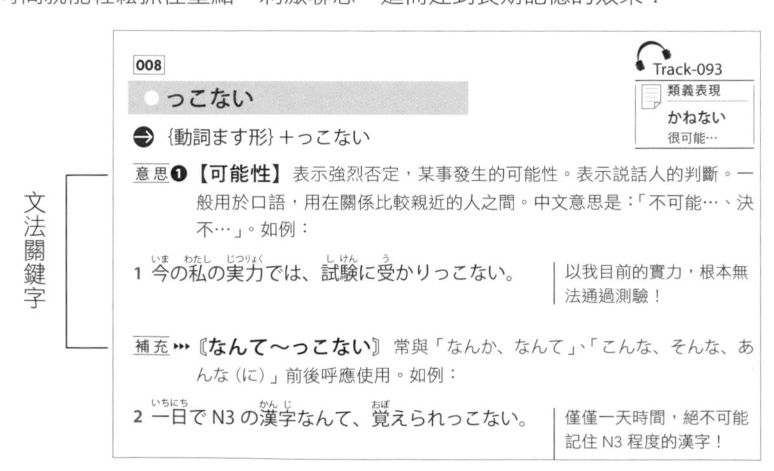

文法關鍵字

008

Track-093

類義表現
かねない
很可能…

っこない

➡ {動詞ます形}＋っこない

意思❶ **【可能性】** 表示強烈否定，某事發生的可能性。表示説話人的判斷。一般用於口語，用在關係比較親近的人之間。中文意思是：「不可能…、決不…」。如例：

1 今（いま）の私（わたし）の実力（じつりょく）では、試験（しけん）に受（う）かりっこない。	以我目前的實力，根本無法通過測驗！

補充 ▸▸▸ **〘なんて～っこない〙** 常與「なんか、なんて」、「こんな、そんな、あんな（に）」前後呼應使用。如例：

2 一日（いちにち）でN3の漢字（かんじ）なんて、覚（おぼ）えられっこない。	僅僅一天時間，絕不可能記住N3程度的漢字！

Point 3 「5W+1H」細分使用狀況

將所有符合 N2 文法程度的 5 個 W 跟 1 個 H 等使用狀況細分出來，並列出相對應的例句，讓您看到考題，答案立即選出！

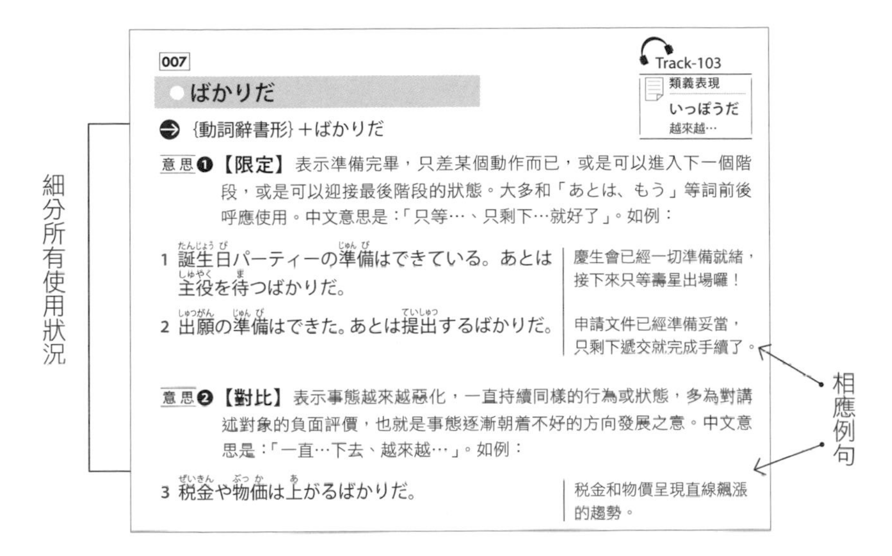

Point 4 類義文法用法辨異

每項文法特別將難分難解刁鑽易混淆的文法項目，用「比一比」的方式進行整理、歸類，並分析易混淆文法間的意義、用法、語感、接續…等的微妙差異。讓您在考場中一看題目就能迅速找到答案，一舉拿下高分！

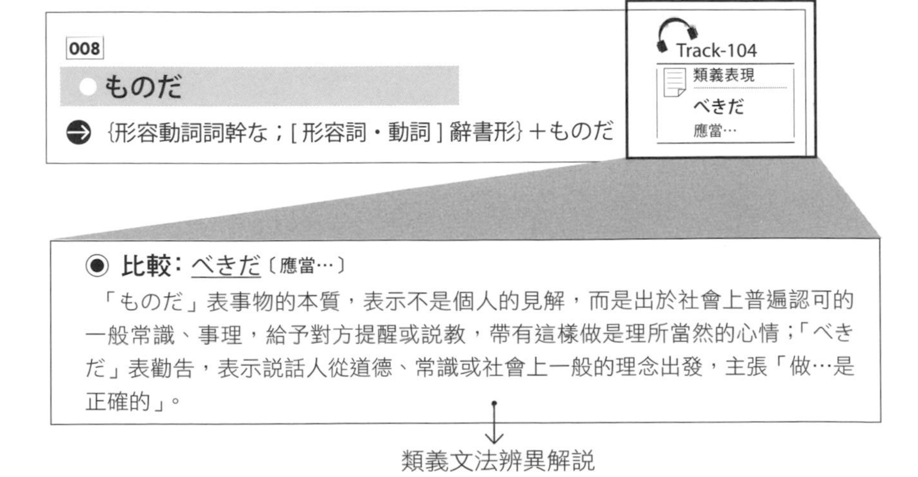

Point 5 小試身手＆必勝全真模擬試題＋解題攻略

學習完每章節的文法內容，馬上為您準備小試身手，測驗您學習的成果！接著還有金牌日檢教師以專業與實力精心撰寫必勝模擬試題，試題完整掌握新制日檢出題傾向，還附有翻譯及直擊考點的解題分析！讓您可以即時演練、即時得知解題技巧，就像有個貼身日語教師幫您全解全析，帶您 100% 命中考題！

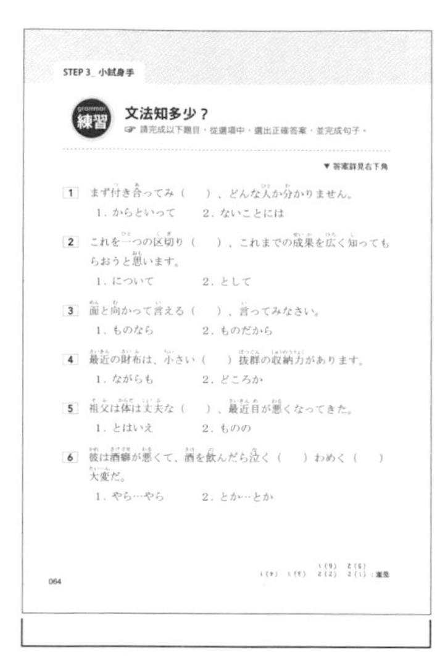

STEP 3_ 小試身手

grammar 練習

文法知多少？

☞ 請完成以下題目，從選項中，選出正確答案，並完成句子。

▼ 答案詳見右下角

1 まず付き合ってみ（　）、どんな人か分かりません。
1. からといって　2. ないことには

2 これを一つの区切り（　）、これまでの成果を広く知ってもらおうと思います。
1. について　2. として

3 面と向かって言える（　）、言ってみなさい。
1. ものなら　2. ものだから

4 最近の財布は、小さい（　）抜群の収納力があります。
1. ながらも　2. どころか

5 祖父は体は丈夫な（　）、最近目が悪くなってきた。
1. とはいえ　2. ものの

6 彼は酒癖が悪くて、酒を飲んだら泣く（　）わめく（　）大変だ。
1. やら…やら　2. とか…とか

064

文法小試身手

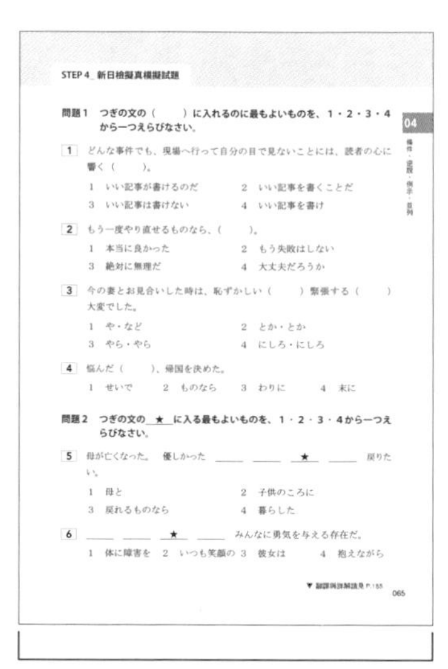

STEP 4_ 新日檢擬真模擬試題

問題 1　つぎの文の（　）に入れるのに最もよいものを、1・2・3・4から一つえらびなさい。

1 どんな事件でも、現場へ行って自分の目で見ないことには、読者の心に響く（　）。
1 いい記事が書けるのだ　2 いい記事を書くことだ
3 いい記事は書けない　4 いい記事を書け

2 もう一度やり直せるものなら、（　）。
1 本当に良かった　2 もう失敗はしない
3 絶対に無理だ　4 大丈夫だろうか

3 今の妻とお見合いした時は、恥ずかしい（　）緊張する（　）大変でした。
1 や・など　2 とか・とか
3 やら・やら　4 にしろ・にしろ

4 悩んだ（　）、帰国を決めた。
1 せいで　2 ものなら　3 わりに　4 末に

問題 2　つぎの文の ★ に入る最もよいものを、1・2・3・4から一つえらびなさい。

5 母が亡くなった。優しかった ＿＿ ＿＿ ★ ＿＿ 戻りたい。
1 母と　2 子供のころに
3 戻れるものなら　4 暮らした

6 ＿＿ ＿＿ ★ ＿＿ みんなに勇気を与える存在だ。
1 体に障害を　2 いつも笑顔の　3 彼女は　4 抱えながら

▼ 翻譯與詳解請見 P.185

065

04 條件・逆說・例示・並列

全真模擬考題

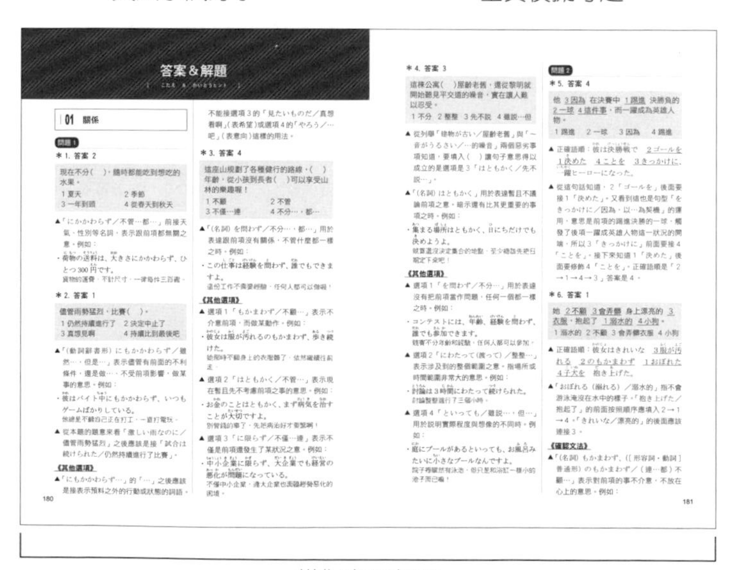

答案＆解題

【こたえ ＆ かいとうヒント】

01 關係

問題 1

＊1. 答案 2

現在不分（　），隨時都能吃到想吃的水果。
1 夏天　2 季節
3 一年到頭　4 從春天到秋天

▲「にかかわらず／不管…都…」前接天氣、性別等名詞，表示跟前項都無關之意。例如：

・荷物の送料は、大きさにかかわらず、ひとつ 300 円です。
貨物的運費，不計尺寸，一律每件三百圓。

＊2. 答案 1

儘管雨勢猛烈，比賽（　）。
1 仍然持續進行了　2 決定中止了
3 真想見啊　4 持續比到最後吧

▲「（動詞辭書形）にもかかわらず／雖然…，但是…」表示儘管有前面的不利條件，還是做…，不受前項影響，做某事的意思。例如：

・彼はバイト中にもかかわらず、いつもゲームばかりしている。
他總是不顧自己正在打工，一直打電玩。

▲ 從本題的題意來看「激しい雨なのに／儘管雨勢猛烈」之後應該是接「試合は続けられた／仍然持續進行了比賽」。

《其他選項》

▲「にもかかわらず…」的「…」之後應該是接表示預料之外的行動或狀態的詞語，不能接選項 3 的「見たいものだ／真想看啊」（表希望）或選項 4 的「やろう／…吧」（表意向）這樣的用法。

＊3. 答案 4

這座山規劃了各種健行的路線，（　）年齡，從小孩到長者（　）可以享受山林的樂趣喔！
1 不顧　2 不管
3 不僅…連　4 不分…，都…

▲「（名詞）を問わず／不分…，都…」用於表達跟前項沒有關係，不管什麼都一樣之時。例如：

・この仕事は経験を問わず、誰でもできますよ。
這份工作不需要經驗，任何人都可以做喔！

《其他選項》

▲ 選項 1「もかまわず／不顧…」表示不介意前項，而做某動作。例如：

・彼女は服が汚れるのもかまわず、歩き続けた。
她那時不顧身上的衣服髒了，依然繼續往前走。

▲ 選項 2「はともかく／不管…」表示現在暫且先不考慮前項之事的意思。例如：

・お金のことはともかく、まず病気を治すことが大切ですよ。
別管錢的事了，先把病治好才要緊啊！

▲ 選項 3「に限らず／不僅…連」表示不僅是前項還發生了某狀況之意。例如：

・中小企業に限らず、大企業でも経営の悪化が問題になっている。
不僅中小企業，連大企業也面臨經營惡化的困境。

180

＊4. 答案 3

這棟公寓（　）屋齡老舊，還從黎明就開始聽見平交道的噪音，實在讓人難以忍受。
1 不分　2 整整　3 先不說　4 雖說…但

▲ 從列舉「建物が古い／屋齡老舊」與「～音がうるさい／…的噪音」兩個惡劣事項知道，要填入（　）讓句子意思得以成立的是選項是 3「はともかく／先不說…」。

▲「（名詞）はともかく」用於表達暫且不議論前項之意，暗示還有比其更重要的事項之時。例如：

・集まる場所はともかく、日にちだけでも決めようよ。
就算還沒決定集合的地點，至少得先把日期定下來吧！

《其他選項》

▲ 選項 1「を問わず／不分…」用於表達沒有把前項當作問題，任何一個都一樣之時。例如：

・コンテストには、年齢、経験を問わず、誰でも参加できます。
競賽不分年齡和經驗，任何人都可以參加。

▲ 選項 2「にわたって（渡って）／整整…」表示涉及到的整個範圍之意。指場所或時間範圍非常大的意思。例如：

・討論は 3 時間にわたって続けられた。
討論整整進行了三個小時。

▲ 選項 4「といっても／雖說…，但…」用於說明實際程度與想像的不同時。例如：

・庭にプールがあるといっても、お風呂みたいに小さなプールなんですよ。
院子裡雖然有泳池，但只是和浴缸一樣小的池子而已喔！

問題 2

＊5. 答案 4

他 3 因為 在決賽中 1 踢進 決勝負的 2 一球 4 這件事，而一躍成為英雄人物。
1 踢進　2 一球　3 因為　4 踢進

▲ 正確語順：彼は決勝戦で 2 ゴールを 1 決めた 4 ことを 3 きっかけに、一躍ヒーローになった。

▲ 從這句話知道，2「ゴールを」後面要接 1「決めた」。又看到這也是句型「をきっかけに／因為，以…為契機」的運用，意思是前項的踢進決勝的一球，觸發了後項一躍成英雄人物這一狀況的開端，所以 3「きっかけに」前面要接 4「ことを」。接下來知道 1「決めた」後面要修飾 4「ことを」。正確語順是「2→1→4→3」，答案是 4。

＊6. 答案 1

她 2 不顧 3 會弄髒 身上漂亮的 3 衣服，抱起了 1 溺水的 4 小狗。
1 溺水的　2 不顧　3 會弄髒衣服　4 小狗

▲ 正確語順：彼女はきれいな 3 服が汚れる 2 のもかまわず 1 おぼれた 4 子犬を 抱き上げた。

▲「おぼれる（溺れる）／溺水的」指不會游泳淹沒在水中的樣子。「抱き上げた／抱起了」的前面按照順序應填入 2→1→4。「きれいな／漂亮的」的後面應該連接 3。

《確認文法》

▲「（名詞）もかまわず、（[形容詞・動詞] 普通形）のもかまわず／（連…都）不顧…」表示對前項的事不介意，不放在心上的意思。例如：

181

模擬考題解題

Lesson 01

關係

關係

▼ STEP 1_ 文法速記心智圖

- にかかわらず
  1【無關】
  〔類語ーにかかわりなく〕
- にしろ
  1【無關】
  〔後接判斷等〕
- にせよ、にもせよ
  1【無關】
  〔後接判斷等〕
- にもかかわらず
  1【無關】
  〔吃驚等〕
- もかまわず
  1【無關】
  〔不用顧慮〕
- をとわず、はとわず
  1【無關】
  〔肯定及否定並列〕
  〔Nはとわず〕
- はともかく（として）
  1【無關】
  〔先考慮後項〕

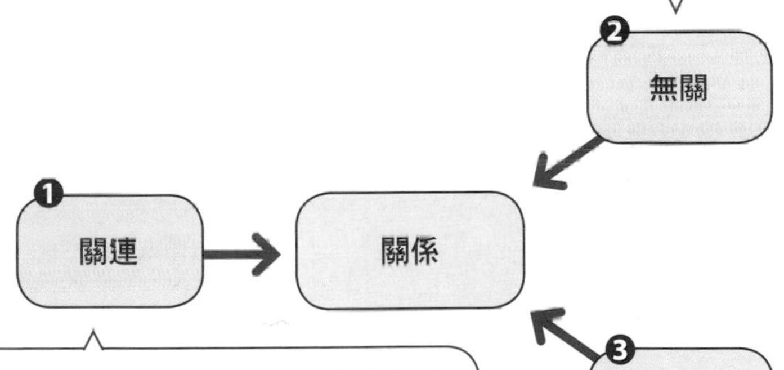

- にかかわって、にかかわり、にかかわる
  1【關連】
  〔前接受影響詞〕
  〔交流〕
- につけ（て）、につけても
  1【關連】
  2【無關】
- をきっかけに（して）、をきっかけとして
  1【關連】
  〔偶然〕
- をけいきとして、をけいきに（して）
  1【關連】

- にさきだち、にさきだつ、にさきだって
  1【前後關係】
  〔強調順序〕

01 STEP 2 文法學習

001

にかかわって、にかかわり、にかかわる

➔ {名詞}＋にかかわって、にかかわり、にかかわる

意思❶ **【關連】**表示後面的事物受到前項影響，或是和前項是有關聯的，而且不只有關連，還給予重大的影響。大多為重要或重大的內容。「にかかわって」可以放在句中，也可以放在句尾。中文意思是：「關於…、涉及…」。如例：

1 私は将来、貿易に関わる仕事をしたい。
我以後想從事貿易相關行業。

補充 ▸▸▸ **〘前接受影響詞〙**前面常接「評判、命、名誉、信用、存続」等表示受影響的名詞。如例：

2 飲酒運転は命に関わるので絶対にしてはいけない。
人命關天，萬萬不可酒駕！

3 支払いが遅れると、会社の信用に関わる。
倘若延遲付款，將會損及公司信譽。

補充 ▸▸▸ **〘交流〙**{名詞}＋とかかわって。「とかかわって」則是表示交流的意思。如例：

4 もう何年も日本人と関わっていないので、日本語が下手になった気がする。
已經好多年沒與日本人交流了，覺得自己的日文程度似乎退步了。

◉ **比較：**にかかる〔全憑…〕

「にかかわって」表關連，表示後項的事物將嚴重影響到前項；「にかかる」表關連，表示事情能不能實現，由前接部分所表示的內容來決定。

002

にっけ（て）、につけても

➡ {[形容詞・動詞] 辭書形} ＋につけ（て）、につけても

意思❶ **【關連】** 每當碰到前項事態，總會引導出後項結論，表示前項事態總會帶出後項結論，後項一般為自然產生的情感或狀態，不接表示意志的詞語。常跟動詞「聞く、見る、考える」等搭配使用。中文意思是：「一…就…、每當…就…」。如例：

1 この料理を食べるにつけ、国の母を思い出す。
每當吃到這道菜，總會想起故鄉的母親。

2 父は何かにつけて、若いころに苦労した時の話をする。
爸爸動不動就重提年輕時吃過的苦頭。

◉ **比較：たびに**〔每逢…就…〕

「につけ」表關連，表示每當處於某種事態下，心理就自然會產生某種狀態。前面接動詞辭書形。還可以重疊用「につけ～につけ」的形式；「たびに」也是表關連，表示每當前項發生，那後項勢必跟著發生。前面接「名詞の／動詞辭書形」。不能重疊使用。

意思❷ **【無關】** 也可用「につけ～につけ」來表達，這時兩個「につけ」的前面要接成對的或對立的詞，表示「不管什麼情況都…」的意思。中文意思是：「不管…或是…」。如例：

3 嬉しいにつけ悲しいにつけ、音楽は心の友となる。
不管是高興的時候，或是悲傷的時候，音樂永遠是我們的心靈之友。

4 いいにつけ悪いにつけ、上司の言うことは聞くしかない。
不管是好是壞，都只能聽從主管的指示去做。

01 STEP 2 文法學習

003

Track-003

類義表現
をもとに
依據…

をきっかけに(して)、をきっかけとして

➡ {名詞；[動詞辭書形・動詞た形]の}＋をきっかけに(して)、をきっかけとして

意思❶ **【關連】** 表示新的進展及新的情況產生的原因、機會、動機等。後項多為跟以前不同的變化，或新的想法、行動等的內容。中文意思是：「以…為契機、自從…之後、以…為開端」。如例：

1 留学(りゅうがく)をきっかけに、色々(いろいろ)な国(くに)に興味(きょうみ)を持(も)ちました。
以留學為契機，開始對許多國家感到了好奇。

2 その試合(しあい)をきっかけとして、地元(じもと)のサッカーチームを応援(おうえん)するようになった。
以那場比賽為開端，我成為當地足球隊的球迷了。

3 人気(にんき)ドラマをみたことをきっかけに、韓国(かんこく)に興味(きょうみ)を持(も)つようになった。
自從看過那部超人氣影集之後，我開始對韓國產生了興趣。

4 母親(ははおや)の入院(にゅういん)をきっかけにして、料理(りょうり)をするようになりました。
自從家母住院之後，我才開始下廚。

◉ **比較：** をもとに〔依據…〕

「をきっかけに」表關連，表示前項觸發了後項行動的開端；「をもとに」表依據，表示以前項為依據的基礎去做後項，也就是以前項為素材，進行後項的動作。

補充 ▸▸▸〔**偶然**〕使用「をきっかけにして」則含有偶然的意味。

004

Track-004

類義表現
にあたって
在…之時

をけいきとして、をけいきに(して)

➡ {名詞；[動詞辭書形・動詞た形]の}＋を契機として、を契機に(して)

意思❶ **【關連】** 表示某事產生或發生的原因、動機、機會、轉折點。前項大多是成為人生、社會或時代轉折點的重大事情。是「をきっかけに」的書面語。中文意思是：「趁著…、自從…之後、以…為動機」。如例：

1 出産子育てを契機に幼児教育に関心を持つようになった。
自從生產育兒之後，開始關注幼兒教育。

2 定年退職を契機に、残りの人生を考え始めた。
以這次退休為契機的這個時點上，開始思考該如何安排餘生。

3 大学卒業を契機として、親から離れて一人暮らしを始めた。
趁著大學畢業的機會搬出了父母家，展開了一個人的新生活。

4 病気を契機に酒や煙草をやめ、定期健診を受けようと思う。
這場病讓我決定戒菸戒酒，日後也要定期接受健康檢查。

◉ **比較：** にあたって〔在…之時〕

「をけいきに」表關連，表示某事物正好是個機會，以此為開端，進行後項一個新動作；「にあたって」表時點，表示在做前項某件特別、重要的事情之前或同時，要進行後項。

005

にかかわらず

➡ {名詞；[形容詞・動詞] 辭書形；[形容詞・動詞] 否定形}＋にかかわらず

STEP 2 文法學習

意思❶ **【無關】** 表示前項不是後項事態成立的阻礙。接兩個表示對立的事物，表示跟這些無關，都不是問題，前接的詞多為意義相反的二字熟語，或同一用言的肯定與否定形式。中文意思是：「無論…與否…、不管…都…、儘管…也…」。如例：

1 忘年会に参加するしないに関わらず、返事はください。
無論參加尾牙與否，都請擲覆回條。

2 送料は大きさに関わらず、全国どこでも 1000 円です。
商品尺寸不分大小，寄至全國各地的運費均為一千圓。

◉ **比較：**にもかかわらず〔雖然…，但是…〕

「にかかわらず」表無關，表示與這些差異無關，不因這些差異，而有任何影響的意思；「にもかかわらず」表讓步，表示前項跟後項是兩個與預料相反的事態。用於逆接。

補充 ▸▸▸ **〘類語－にかかわりなく〙**「にかかわりなく」跟「にかかわらず」意思、用法幾乎相同，表示「不管…都…」之意。如例：

3 このゲームは年齢に関わりなく、誰でも参加できます。
不分老少，任何人都可以參加這項競賽。

4 参加者の人数に関わりなく、スポーツ大会は必ず行います。
無論參加人數多寡，運動大會都將照常舉行。

006

にしろ

➔ {名詞；形容動詞詞幹；[形容詞・動詞] 普通形} ＋にしろ

意思❶ **【無關】** 表示逆接條件。表示退一步承認前項，並在後項中提出跟前面相反或相矛盾的意見。常和副詞「いくら、仮に」前後呼應使用。是「にしても」的鄭重的書面語言。也可以説「にせよ」。中文意思是：「無論…都…、就算…，也…、即使…，也…」。如例：

1 卒業後に帰国するにしろ進学するにしろ、日本語学校生は勉強をすべきだ。

無論畢業之後是要回到母國抑或留下來繼續深造，日語學校的學生都應該努力用功。

2 暑いにしろ寒いにしろ、学校へはあまり行きたくない。

天氣熱也好，天氣冷也罷，我都不太想上學。

3 洗濯機にしろ冷蔵庫にしろ、日本製が高いことに変わりない。

不論是洗衣機還是冰箱，凡是日本製造的產品都同樣昂貴。

4 いくら朝時間がないにしろ、朝食ぬきは体によくないです。

就算早上出門前時間緊湊，不吃早餐對健康不好。

◉ **比較：** さえ〔連…〕

「にしろ」表無關，表示退一步承認前項，並在後項中提出不會改變的意見或不能允許的心情。是逆接條件的表現方式；「さえ」表強調輕重，前項列出程度低的極端例子，意思是「連這個都這樣」其他更別説了。後項多為否定性的內容。

補充 ▸▸▸ **〔後接判斷等〕** 後接説話人的判斷、評價、主張、無法認同、責備等表達方式。

01 STEP 2 文法學習

007

にせよ、にもせよ

➔ {名詞；形容動詞詞幹である；[形容詞・動詞] 普通形}
＋にせよ、にもせよ

意思❶ **【無關】** 表示退一步承認前項，並在後項中提出跟前面相反或相矛盾的意見。是「にしても」的鄭重的書面語言。也可以說「にしろ」。中文意思是：「無論…都…、就算…，也…、即使…，也…、…也好…也好」。如例：

1 遅刻するにせよ、欠席するにせよ、学校には連絡しなさい。	不論是遲到或想請假，都要向學校報告。
2 いくら遅くまで勉強していたにせよ、試験の結果が悪ければ意味がない。	即使熬夜苦讀，如果考試成績不理想，一切努力都是枉然。
3 来るか来ないか、いずれにせよ明日直接本人に確認いたします。	究竟來或不來，明天會直接向他本人確認。

4 いくら眠かったにせよ、先生の前で寝るのはよくない。
即使睏意襲人，當著老師的面睡著還是很不禮貌。

◉ **比較：** にしては〔雖說…卻…〕

「にせよ」表無關，表示即使假設承認前項所說的事態，後面所說的事態都與前項相反，或矛盾的；「にしては」表與預料不同，表示從前項來判斷，後項應該如何，但事實卻與預料相反不是這樣。

補充 ▸▸▸ **〔後接判斷等〕** 後接說話人的判斷、評價、主張、無法認同、責備等表達方式。

008

● にもかかわらず

➡ {名詞；形容動詞詞幹；[形容詞・動詞] 普通形} ＋にもかかわらず

意思❶【無關】表示逆接。後項事情常是跟前項相反或相矛盾的事態。也可以做接續詞使用。中文意思是：「雖然…，但是…、儘管…，卻…、雖然…，卻…」。如例：

1 彼は社長にも関わらず、毎朝社内の掃除をしている。
他雖然貴為總經理，卻每天早晨都到公司親自打掃清潔。

2 お正月にも関わらず、アルバイトをしていた。
雖是新年假期，我還是得照常出門打工。

3 忙しいにも関わらず、わざわざ来てくれてありがとう。
萬分感謝您在百忙之中撥冗蒞臨！

◉ **比較：** もかまわず〔也不管…〕

「にもかかわらず」表無關，表示由前項可推斷出後項，但後項事實卻與之相反；「もかまわず」也表無關，表示毫不在意前項的狀況，去做後項。

補充 ▸▸▸〘**吃驚等**〙含有說話人吃驚、意外、不滿、責備的心情。如例：

4 悪天候にも関わらず、野外コンサートが行われた。
儘管當日天候惡劣，露天音樂會依然照常舉行了。

STEP 2 文法學習

009

もかまわず

➔ {名詞；動詞辭書形の}＋もかまわず

意思❶【無關】表示對某事不介意，不放在心上。常用在不理睬旁人的感受、眼光等。中文意思是：「（連…都）不顧…、不理睬…、不介意…」。如例：

1 雨に濡れるのもかまわず、ペットの犬を探した。

當時不顧渾身淋得濕透，仍然在雨中不停尋找走失的寵物犬。

2 周りの人の目もかまわず電車でいびきをかいて寝てしまった。

在電車上鼾聲大作地睡著了，毫不顧忌四周投來異樣的眼光。

補充 ▸▸▸〘**不用顧慮**〙「にかまわず」表示不用顧慮前項事物的現況，請以後項為優先的意思。如例：

3 今日は調子が悪いので、私にかまわず、食べて、飲んでください。

我今天身體狀況不太好，請不必在意，儘管多吃點、多喝點！

4 友達にかまわず、自分の進路は先に決めなさい。

不要在意朋友的選擇，你先決定自己未來的出路！

◉ **比較：**はともかく〔姑且不論…〕

「もかまわず」表無關，表示不顧前項情況的存在，去做後項；「はともかく」也表無關、除外，用在比較前後兩個事項，表示先考慮後項，而不考慮前項。

010

● をとわず、はとわず

➡ {名詞}＋を問わず、は問わず

意思❶【無關】表示沒有把前接的詞當作問題、跟前接的詞沒有關係，多接在「男女」、「昼夜」等對義的單字後面。中文意思是：「無論…都…、不分…、不管…，都…」。如例：

1 あの工場では、昼夜を問わず誰かが働いている。
那家工廠不分日夜，二十四小時都有員工輪班工作。

2 その事件を知って、国内外を問わず多くの人が悲しんだ。
不分海內外的許多人在獲知那起事件之後都同感哀傷。

◉ **比較：**のみならず〔不光是…〕

「をとわず」表無關，表示前項不管怎樣、不管為何，後項都能因應成立；「のみならず」表附加，表示不只前項事物，連後項都是如此。

補充 ▸▸▸〔**肯定及否定並列**〕前面可接用言肯定形及否定形並列的詞。如例：

3 飲む飲まないを問わず、飲み物は飲み放題です。
不論喝或不喝，各類飲品皆可盡情享用。

補充 ▸▸▸〔**N はとわず**〕使用於廣告文宣時，也有使用「Nはとわず」的形式。如例：

4 アルバイト募集。性別、国籍は問わず。
召募兼職員工。歡迎不同性別的各國人士加入我們的行列！

STEP 2 文法學習

011

●はともかく（として）

➡ {名詞}＋はともかく（として）

意思❶ **【無關】** 表示提出兩個事項，前項暫且不作為議論的對象，先談後項。暗示後項是更重要的。中文意思是：「姑且不管…、…先不管它」。如例：

1 勉強(べんきょう)はともかく、友達(ともだち)に会(あ)えるから学校(がっこう)は楽(たの)しい。
學習倒是其次，上學的快樂在於能和學友見面。

2 留学中(りゅうがくちゅう)の２年(ねん)でN1はともかく、N2には合格(ごうかく)したい。
在留學的這兩年期間不求通過N1級測驗，至少希望N2能夠合格。

補充 ▸▸▸ **〔先考慮後項〕** 含有前項的問題雖然也得考慮，但相較之下，現在只能優先考慮後項的想法。如例：

3 大学院(だいがくいん)はともかく、大学(だいがく)は行(い)ったほうがいいい。
且不論研究所，至少要取得大學文憑才好。

4 その話(はなし)はともかく、まず本人(ほんにん)に確認(かくにん)しましょう。
不說別的，那件事應該先向當事人求證吧？

◉ **比較：** にかわって〔代替…〕

「はともかく」表無關，用於比較前項與後項，有「前項雖然也是不得不考慮的，但是後項更重要」的語感；「にかわって」表代理，表示代替前項做某件事，有「本來應該由某人做的事，卻改由其他人來做」的意思。

012

●にさきだち、にさきだつ、にさきだって

➡ {名詞；動詞辭書形}＋に先立ち、に先立つ、に先立って

意思❶【前後關係】用在述説做某一較重大的工作或動作前應做的事情，後項是做前項之前，所做的準備或預告。大多用於述説在進入正題或重大事情之前，應該做某一附加程序的時候。中文意思是：「在…之前，先…、預先…、事先…」。如例：

1 入試に先立ち、学校説明会と見学会が行われた。

在入學考試之前，先舉辦了學校説明會與教學參觀活動。

2 増税に先立つ政府の会見が、今週末に開かれる予定です。

政府於施行增税政策前的記者説明會，預定於本週末舉行。

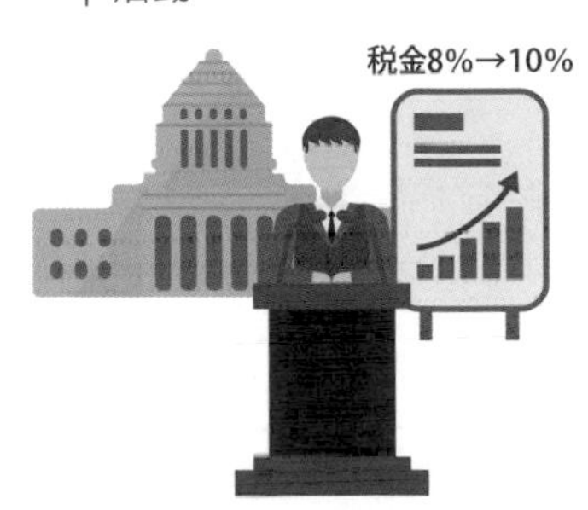

3 明日の帰国に先立ち、自分の荷物をもう一度確認してください。

在明天返鄉之前，請再一次檢查自己的行李是否帶齊了。

4 映画の公開に先立って、出演者の挨拶とサイン会が開かれた。

在電影公開上映之前，舉行了劇中演員的隨片宣傳和簽名會。

◉ **比較：にさいして**〔在…之際〕

「にさきだち」表前後關係，表示在做前項之前，先做後項的事前工作；「にさいして」表時點，表示眼前在前項這樣的場合、機會，進行後項的動作。

補充 ▸▸▸〔**強調順序**〕「にさきだち」強調順序，而類似句型「にあたって」強調狀態。

文法知多少？

☞ 請完成以下題目，從選項中，選出正確答案，並完成句子。

▼ 答案詳見右下角

1 百点(ひゃくてん)を取(と)る（　　）、お母(かあ)さんが必(かなら)ずごほうびをくれる。

1．たびに　　2．につけ

2 病気(びょうき)になったの（　　）、人生(じんせい)を振(ふ)り返(かえ)った。

1．をきっかけに　　2．をもとにして

3 政権交代(せいけんこうたい)（　　）、さまざまな改革(かいかく)が進(すす)められている。

1．にあたって　　2．を契機(けいき)に

4 いかなる理由(りゆう)がある（　　）、ミスはミスです。

1．にせよ　　2．にしては

5 他人(たにん)の迷惑(めいわく)（　　）、高校生(こうこうせい)たちが車内(しゃない)で騒(さわ)いでいる。

1．もかまわず　　2．はともかく

6 理由(りゆう)（　　）、暴力(ぼうりょく)はいけない。

1．にかわって　　2．はともかく

答案：(1) 1　(2) 1　(3) 2　(4) 1
(5) 1　(6) 2

問題1　つぎの文の（　　　）に入れるのに最もよいものを、1・2・3・4から一つえらびなさい。

1　今は、（　　　）にかかわらず、いつでも食べたい果物が食べられる。

1　夏　　2　季節
3　1年中　　4　春から秋まで

2　激しい雨にもかかわらず、試合は（　　　）。

1　続けられた　　2　中止になった
3　見たいものだ　　4　最後までやろう

3　この山はいろいろなコースがありますから、子供からお年寄りまで、年齢（　　　）楽しめますよ。

1　もかまわず　2　はともかく　3　に限らず　4　を問わず

4　このアパートは、建物が古いの（　　　）、明け方から踏切の音がうるさくて、がまんできない。

1　を問わず　　2　にわたって
3　はともかく　　4　といっても

問題2　つぎの文の＿★＿に入る最もよいものを、1・2・3・4から一つえらびなさい。

5　彼は決勝戦で ＿＿ ＿＿ ＿★＿ ＿＿ 、一躍ヒーローになった。

1　決めた　2　ゴールを　3　きっかけに　4　ことを

6　彼女はきれいな ＿＿ ＿＿ ＿★＿ ＿＿ 抱き上げた。

1　おぼれた　2　のもかまわず　3　服が汚れる　4　子犬を

▼ 翻譯與詳解請見 P.180

Lesson 02

時間

時間

▼ STEP 1_ 文法速記心智圖

- おり（に／は／には／から）
  - 1【時點】
    - 〔書信固定用語〕
- にあたって、にあたり
  - 1【時點】
    - 〔積極態度〕
- にさいし（て／ては／ての）
  - 1【時點】
- にて、でもって
  - 1【時點】
  - 2【手段】
  - 3【強調手段】

❶ 時點

- か～ないかのうちに
  - 1【時間的前後】
- しだい
  - 1【時間的前後】
    - 〔× 後項過去式〕

❷ 時間的前後

時間

❸ 同時

- いっぽう（で）
  - 1【同時】
  - 2【對比】
- かとおもうと、かとおもったら
  - 1【同時】
    - 〔× 後項意志句等〕

❹ 期間

- ないうちに
  - 1【期間】

❺ 期限

- かぎり
  - 1【期限】
  - 2【極限】
    - 〔慣用表現〕

STEP 2 文法學習

001

おり（に／は／には／から）

意思❶ **【時點】**｛名詞；動詞辭書形；動詞た形｝＋折（に／は／には／から）。「折」是流逝的時間中的某一個時間點，表示機會、時機的意思，說法較為鄭重、客氣，比「とき」更有禮貌。句尾不用強硬的命令、禁止、義務等表現。中文意思是：「…的時候」。如例：

1 来日の折には、ぜひご連絡ください。
若有機會來到日本，請務必與我聯繫！

2 次にお目にかかった折に、食事をご一緒させていただきます。
下一回見面時，請賞光一同用餐。

3 先日お会いした折はお元気だった先生が、ご入院されたと知って大変驚きました。
聽說上次見面時還很硬朗的老師住院了，這個消息太令人訝異了。

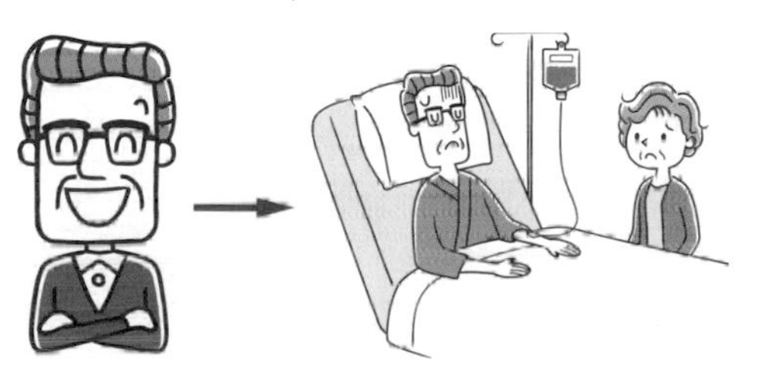

◉ **比較：** さい〔趁…的時候〕

「おりに」表時點，表示以一件好事為契機；「さい」也表時點，表示處在某一個特殊狀態，或到了某一特殊時刻。含有機會、契機的意思。

補充 ››› **〚書信固定用語〛**｛名詞の；[形容詞・動詞]辭書形｝＋折から。「折から」大多用在書信中，表示季節、時節的意思，先敘述此天候不佳之際，後面再接請對方多保重等關心話，說法較為鄭重、客氣。由於屬於較拘謹的書面語，有時會用古語形式。中文意思是：「正值…之際」。「厳しい」可改用古語「厳しき」。如例：

4 寒さの厳しき折から、お身体にお気をつけください。
時值寒冬，務請保重玉體。

02 STEP 2 文法學習

002

● にあたって、にあたり

➡ {名詞；動詞辭書形}＋にあたって、にあたり

意思❶ 【時點】 表示某一行動，已經到了事情重要的階段。它有複合格助詞的作用。一般用在致詞或感謝致意的書信中。中文意思是：「在…的時候、當…之時、當…之際、在…之前」。如例：

1 進学(しんがく)するにあたって、必要(ひつよう)な書類(しょるい)を準備(じゅんび)した。
升學前準備了必備文件。

2 図書館(としょかん)を利用(りよう)するにあたって、事前(じぜん)に登録(とうろく)をお願(ねが)いします。
在使用圖書館的各項服務之前，請預先登記申請。

3 結婚(けっこん)するにあたり、彼女(かのじょ)の国(くに)の両親(りょうしん)に挨拶(あいさつ)に行(い)った。
結婚前到女友的故鄉拜訪未來的岳父母大人。

4 新規店(しんきてん)のオープンにあたり、一言(ひとこと)お祝(いわ)いをのべさせていただきます。
此次適逢新店開幕，容小弟敬致恭賀之意。

◉ **比較：**において〔在…〕

「にあたって」表時點，表示在做前項某件特別、重要的事情之前，要進行後項；「において」表場面或場合，表示事態發生的時間、地點、狀況，一般用在新事態將要開始的情況。也表示跟某一領域有關的場合。

補充 ▸▸▸ 〖**積極態度**〗 一般用在新事態將要開始的情況。含有説話人對這一行動下定決心、積極的態度。

003

● にさいし（て／ては／ての）

➡ {名詞；動詞辭書形}＋に際し（て／ては／ての）

意思❶【時點】表示以某事為契機，也就是動作的時間或場合。有複合詞的作用。是書面語。中文意思是：「在…之際、當…的時候」。如例：

1 契約に際して、いくつか注意点がございます。
簽約時，有幾項需要留意之處。

2 学校を選ぶに際し、まずは自分で色々と調べてください。
在選擇就讀學校的時候，請先自行蒐集各校相關資訊。

3 就職に際して、色々な先生にお世話になりました。
當年求職之際，曾蒙受多位教授的幫助。

4 新入生を代表して、入学に際しての抱負を入学式で述べた。
我在入學典禮上榮任新生代表，發表了對於進入校園之後的理想抱負。

◉ **比較：につけ**〔每當…就〕

「にさいして」表時點，用在開始做某件特別的事，或是表示該事情正在進行中；「につけ」表關連，表示每當看到或想到，就聯想起的意思，後常接「思い出、後悔」等跟感情或思考有關的內容。

004

にて、でもって

Track-016
類義表現
によって
由於…

➜ {名詞}＋にて、でもって

意思❶【時點】「にて」相當於「で」，表示事情發生的場所，也表示結束的時間。中文意思是：「在…；於…」。如例：

1 スピーチ大会は、市民センターの大ホールにて行います。
演講比賽將於市民活動中心的大禮堂舉行。

2 現地にて集合および解散となります。お間違えのないように。
當天的集合與解散地點皆為活動現場，切勿弄錯地方了。

STEP 2 文法學習

意思❷【手段】也可接手段、方法、原因、限度、資格或指示詞，宣佈、告知的語氣強。中文意思是：「以…、用…」。如例：

3 結果(けっか)はホームページにて発表(はっぴょう)となります。
最後結果將於官網公布。

意思❸【強調手段】「でもって」是由格助詞「で」跟「もって」所構成，用來加強「で」的詞意，表示方法、手段跟原因，主要用在文章上。中文意思是：「用…」。如例：

4 お金(かね)でもって解決(かいけつ)できることばかりではない。｜金錢不能擺平一切。

◉ **比較：**<u>によって</u>〔由於…〕

「にて」表手段，表示工具、手段、方式、依據等，意思和「で」相同，起強調作用；「によって」也表手段，表示動作主體所依據的方法、方式、手段。

005

か～ないかのうちに

➡ {動詞辭書形}＋か＋{動詞否定形}＋ないかのうちに

意思❶【時間的前後】表示前一個動作才剛開始，在似完非完之間，第二個動作緊接著又開始了。描寫的是現實中實際已經發生的事情。中文意思是：「剛剛…就…、一…（馬上）就…」。如例：

1 子供(こども)は、「おやすみ」と言(い)うか言(い)わないかのうちに、寝(ね)てしまった。
孩子一聲「晚安」的話音剛落，就馬上呼呼大睡了。

2 彼はテストが始まって5分たつかたたないかのうちに、教室を出た。	考試開始才五分鐘，他就走出教室了。
3 電車が駅に着くか着かないかのうちに、降りる準備を始めた。	電車剛進站，我就準備要下車了。
4 映画が終わったか終わらないかのうちに席を立つ人が多い。	電影剛一放映完畢，馬上有很多觀眾從座位站起來。

◉ **比較：** とたんに〔剛一…就…〕

「か～ないかのうちに」表時間的前後，表示前項動作才剛開始，後項動作就緊接著開始，或前後項動作幾乎同時發生；「とたんに」也表時間的前後，表示前項動作完全結束後，馬上發生後項的動作。

006

● しだい

➡ {動詞ます形}＋次第

意思❶ **【時間的前後】** 表示某動作剛一做完，就立即採取下一步的行動，也就是一旦實現了前項，就立刻進行後項，前項為期待實現的事情。中文意思是：「馬上…、一…立即、…後立即…」。如例：

1 この件は分かり次第、お返事いたします。	這件事一旦得知後續進度，就會立刻回覆您。
2 会議の準備ができ次第、ご案内いたします。	只要準備工作一完成，將立即帶您前往會議室。
3 駅に着き次第、ご連絡します。	一到電車站就馬上與您聯繫。

4 定員になり次第、締め切らせていただきます。

一達到人數限額，就停止招募。

02 STEP 2 文法學習

補充 ▸▸▸〘× **後項過去式**〙後項不用過去式、而是用委託或願望等表達方式。

◉ 比較：とたんに〔剛一…就…〕

「しだい」表時間的前後，表示「一旦實現了某事，就立刻…」前項是說話跟聽話人都期待的事情。前面要接動詞連用形。由於後項是即將要做的事情，所以句末不用過去式；「とたんに」也表時間的前後，表示前項動作完成瞬間，幾乎同時發生了後項的動作。兩件事之間幾乎沒有時間間隔。後項大多是說話人親身經歷過的，且意料之外的事情，句末只能用過去式。

007

いっぽう（で）

➡ {動詞辭書形}＋一方（で）

意思❶【**同時**】前句說明在做某件事的同時，另一個事情也同時發生。後句多敘述可以互相補充做另一件事。中文意思是：「在…的同時，還…、一方面…，一方面…、另一方面…」。如例：

1 彼は仕事ができる一方、人との付き合いも大切にしている。
他不但工作能力強，也很重視經營人際關係。

2 私は毎日仕事をする一方で、家事や子育てもしている。
我每天工作之餘還要做家事和帶孩子。

意思❷【**對比**】表示同一主語有兩個對比的側面。中文意思是：「一方面…而另一方面卻…」。如例：

3 夫は体重を気にする一方で、よくビールを飲む。
外子一方面在意自己的體重，一方面卻經常喝啤酒。

4 ここは自然が豊かで静かな一方、不便である。
這地方雖然十分寧靜又有豐富的自然環境，但在生活上並不便利。

◉ **比較：はんめん**〔一方面…，另一方〕

「いっぽう」表對比，表示前項及後項兩個動作可以是對比的、相反的，也可以是並列關係的意思；「はんめん」表對比，表示同一種事物，兼具兩種相反的性質。

008

かとおもうと、かとおもったら

➡ {動詞た形}＋かと思うと、かと思ったら

意思❶【同時】表示前後兩個對比的事情，在短時間內幾乎同時相繼發生，表示瞬間發生了變化或新的事情。後面接的大多是說話人意外和驚訝的表達。中文意思是：「剛一…就…、剛…馬上就…」。如例：

1 弟(おとうと)は、帰(かえ)ってきたかと思(おも)うとすぐ遊(あそ)びに行(い)った。
弟弟才剛回來就跑去玩了。

2 さっきまで大雨(おおあめ)が降(ふ)っていたかと思(おも)ったら、今(いま)は太陽(たいよう)が出(で)ている。
剛剛還大雨傾盆，現在已經出太陽了。

3 桜(さくら)がやっと咲(さ)いたかと思(おも)ったら、もう散(ち)ってしまった。
終於等到了櫻花綻放，沒想到一轉眼就滿地落英了。

4 あの子(こ)は泣(な)いたかと思(おも)ったら、もう笑(わら)っている。
那個小孩剛才還哭個不停，不到眨眼功夫就開心地笑了。

◉ **比較：とたんに**〔剛一…就…〕

「（か）とおもうと」表同時，表示前後性質不同或是對比的事物，在短時間內相繼發生。因此，前後動詞常用對比的表達方式；「とたんに」表時間的前後，單純的表示某事情結束了，幾乎同時發生了不同的事情，沒有對比的意味。

補充 ➤〖× 後項意志句等〗由於描寫的是現實中發生的事情，因此後項不接意志句、命令句跟否定句等。

009

ないうちに

➡ {動詞否定形}＋ないうちに

意思❶【期間】這也是表示在前面的環境、狀態還沒有產生變化的情況下，做後面的動作。中文意思是：「在未…之前，…、趁沒…」。如例：

1 赤(あか)ちゃんが起(お)きないうちに、買(か)い物(もの)へ行(い)ってきます。
趁著小寶寶還在睡的時候出去買個菜！

2 冷(さ)めないうちに、めしあがれ。
請趁熱享用吧！

3 桜(さくら)が散(ち)らないうちに、お花見(はなみ)に行(い)きましょう。
在櫻花還沒飄落之前一起去賞花吧！

4 外(そと)に出(で)て１分(ぷん)もしないうちに、雨(あめ)が降(ふ)り出(だ)した。
出門還不到一分鐘就下起雨來了。

◉ **比較：**にさきだち〔事先…〕

「ないうちに」表期間，表示趁著某種情況發生前做某件事；「にさきだち」表前後關係，表示在做某件大事之前應該要先把預備動作做好，如果前接動詞，就要改成動詞辭書形。

Track-022

010

かぎり

➡ {名詞の；動詞辭書形}＋限り

意思❶【期限】表示時間或次數的限度。中文意思是：「以…為限、到…為止」。如例：

1 今年限り(ことしかぎり)で、あの番組(ばんぐみ)は終了(しゅうりょう)してしまう。
那個電視節目將於今年收播。

意思❷【極限】表示可能性的極限，盡其所能，把所有本事都用上。中文意思是：「盡…、竭盡…」。如例：

2 声(こえ)がでる限(かぎ)り、歌手(かしゅ)として生(い)きていきたい。
只要還能唱出聲音，我期許自己永遠是個歌手。

3 諦(あきら)めない限(かぎ)り、きっと成功(せいこう)するだろう。
只要不放棄，總有一天會成功的。

◉ 比較：にかぎる〔…是最好的〕

「かぎり」表極限，表示在達到某個極限之前，把所有本事都用上，做某事；「にかぎる」表程度，表示説話人主觀地選擇或推薦最好的動作或狀態。

補充 ▸▸▸〔慣用表現〕慣用表現「の限りを尽くす」為「耗盡、費盡」等意。如例：

4 力(ちから)の限(かぎ)りを尽(つ)くして、最後(さいご)の試合(しあい)にのぞもう。
讓我們竭盡全力，一起拚到決賽吧！

文法知多少？

☞ 請完成以下題目，從選項中，選出正確答案，並完成句子。

▼ 答案詳見右下角

1 結婚(けっこん)を決(き)める（　　）、重要(じゅうよう)なことが一(ひと)つあります。

1．にあたって　　2．において

2 出発(しゅっぱつ)（　　）、一言(ひとこと)ごあいさつを申(もう)し上(あ)げます。

1．につけ　　2．に際(さい)して

3 「おやすみなさい」と言(い)ったか言(い)わない（　　）、もう眠(ねむ)ってしまった。

1．かのうちに　　2．とたんに

4 契約(けいやく)を結(むす)び（　　）、工事(こうじ)を開始(かいし)します。

1．とたんに　　2．次第(しだい)

5 子供(こども)が川(かわ)に落(お)ちたのを見(み)て、警察(けいさつ)に連絡(れんらく)する（　　）、救助(きゅうじょ)に向(む)かった。

1．反面(はんめん)　　2．一方(いっぽう)

6 道路(どうろ)が混雑(こんざつ)し（　　）、出発(しゅっぱつ)したほうがいい。

1．に先立(さきだ)ち　　2．ないうちに

答案：(1) 1　(2) 2　(3) 1　(4) 2
(5) 2　(6) 2

問題 1　次の文章を読んで、文章全体の内容を考えて、[1] から [5] の中に入る最もよいものを、1・2・3・4 の中から一つ選びなさい。

「ペットを飼う」

毎年 9 月 20 日～ 26 日は、動物愛護週間である。この機会に動物を愛護(注1)するということについて考えてみたい。

まず、人間生活に身近なペットについてだが、犬や猫 [1] ペットを飼うことにはよい点がいろいろある。精神を安定させ、孤独な心をなぐさめてくれる。また、命を大切にすることを教えてくれる。ペットはまさに家族の一員である。

しかし、このところ、無責任にペットを飼う人を見かける。ペットが小さくてかわいい子供のうちは愛情を持って面倒をみるが、大きくなり、さらに老いたり [2] 、ほったらかし(注2)という人たちだ。

ペットを飼ったら、ペットの一生に責任を持たなければならない。周りの人達の迷惑にならないように鳴き声やトイレに注意し、 [3] ための訓練をすること、老いたペットを最後まで責任を持って介護をすることなどである。

[4] 、野鳥や野生動物に対してはどうであろうか。野生動物に対して注意することは、やたらに餌を与えないことである。人間が餌を与えると、自力で生きられなくなる [5] からだ。また、餌をくれるため、人間を恐れなくなり、そのうち人間に被害を与えてしまうことも考えられる。人間の親切がかえって逆効果になってしまうのだ。餌を与えることなく、野生動物の自然な姿を見守りたいものである。

（注 1）愛護：かわいがり大切にすること

（注 2）ほったらかし：かまったりかわいがったりせず、放っておくこと

1

1　といえば　　2　を問わず　　3　ばかりか　　4　をはじめ

2

1　するが　　2　しても　　3　すると　　4　しては

3

1　ペットが社会に受け入れる　　2　社会がペットに受け入れる

3　ペットが社会に受け入れられる　　4　社会がペットに受け入れられる

4

1　一方　　2　そればかりか

3　それとも　　4　にも関わらず

5

1　かねない　　2　おそれがある

3　ところだった　　4　ことはない

▼ 翻譯與詳解請見 P.182

Lesson 03

原因、結果

原因、結果

▼ STEP 1_ 文法速記心智圖

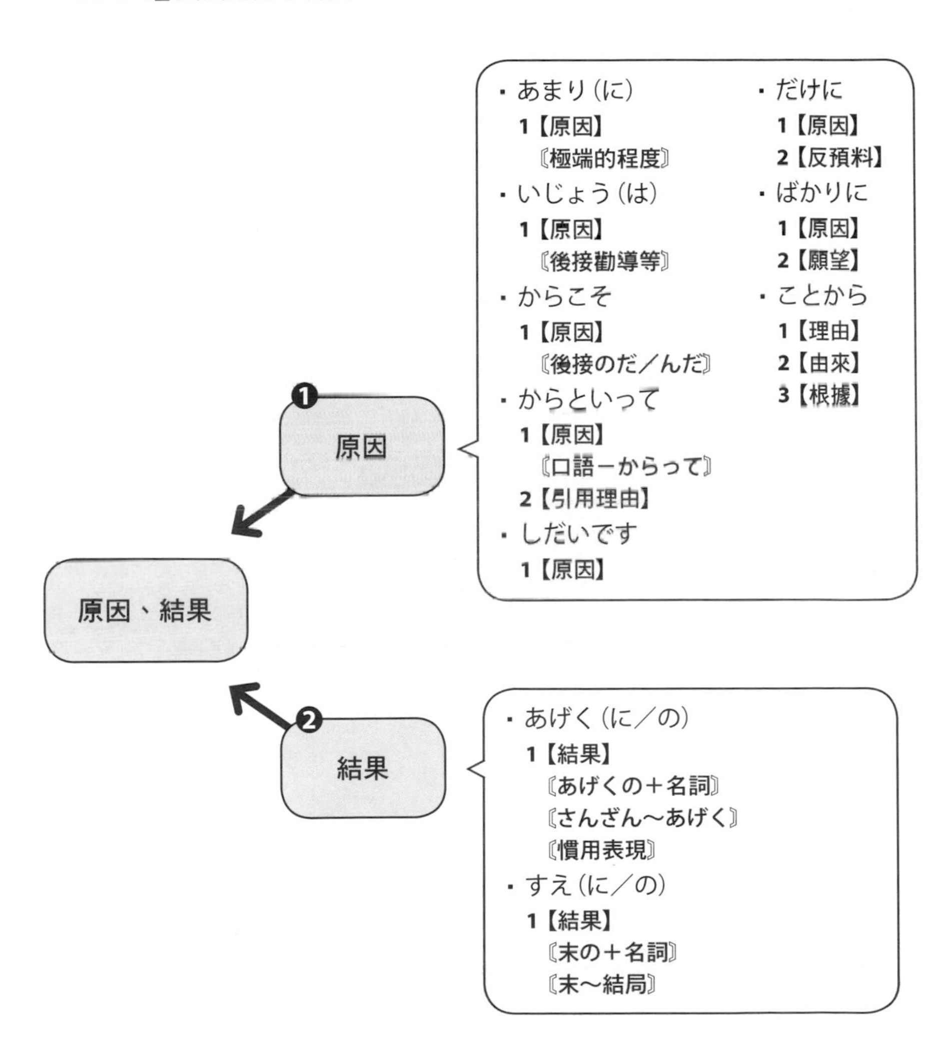

STEP 2 文法學習

001

あまり（に）

➡ {名詞の；動詞辭書形}＋あまり（に）

意思❶【原因】表示某種程度過甚的原因，導致後項不同尋常的結果，常與含有程度意義的名詞搭配使用。常用「あまりの＋形容詞詞幹＋さ＋に」的形式。中文意思是：「由於太…才…」。如例：

1 今日はいよいよ帰国だ。あまりの嬉しさに昨日は眠れなかった。
今天終於要回國了！昨天實在太開心而睡不著覺。

2 山から見える湖のあまりの美しさに言葉を失った。
從山上俯瞰的湖景實在太美了，令人一時說不出話來。

補充 ▸▸▸〔極端的程度〕表示由於前句某種感情、感覺的程度過甚，而導致後句的結果。前句表示原因，後句一般是不平常的或不良的結果。常接在表達感情或狀態的詞彙後面。後項不能用表示願望、意志、推量的表達方式。中文意思是：「由於過度…、因過於…、過度…」。如例：

3 子供を心配するあまり、母は病気になってしまった。
媽媽由於太擔心孩子而生病了。

4 緊張のあまり、全身の震えが止まらない。
因為太緊張而渾身直打哆嗦。

◉ **比較：** だけに〔正是因為…所以更加…〕

「あまり」表原因，表示由於前項的某種十分極端程度，而導致後項的不尋常或壞的結果。前接名詞時要加上「の」；「だけに」也表原因，表示正因為前項，後項就顯得更厲害。「だけに」前面要直接接名詞，不需多加「の」。

002

●いじょう（は）

➜ {動詞普通形}＋以上（は）

意思❶【原因】由於前句某種決心或責任，後句便根據前項表達相對應的決心、義務或奉勸。有接續助詞作用。中文意思是：「既然…、既然…，就…、正因為…」。如例：

1 日本に来た以上は、日本語が上手になりたい。
既然來到日本，當然希望能學好日語。

2 ペットを飼う以上は、最後まで責任をもつべきだ。
既然養了寵物，就有責任照顧牠到臨終的那一刻。

3 試験を受ける以上は、合格するつもりだ。
既然要參加考試，就抱定合格的決心！

4 約束した以上は、守らなければならない。
既然與人約定了，就必須遵守才行。

◉ **比較：**うえは〔既然…就…〕

「いじょう（は）」表原因，表示強調原因，因為前項，所以理所當然就要有相對應的後項；「うえは」也表原因，表示因為前項，理所當然就要有責任或心理準備做後項。兩者意思非常接近，但「うえは」的「既然…」的語氣比「いじょう」更為強烈。「いじょう（は）」可以省略「は」，但「うえは」不可以省略。

補充 ▸▸▸〖後接勸導等〗後項多接説話人對聽話人的勸導、建議、決心的「なければならない、べきだ、てはいけない、つもりだ」等句型，或説話人的判斷、意向的「はずだ、にちがいない」等句型。

STEP 2 文法學習

003

からこそ

➡ ｛名詞だ；形容動辭書形；［形容詞・動詞］普通形｝＋からこそ

意思❶ 【原因】表示說話者主觀地認為事物的原因出在何處，並強調該理由是唯一的、最正確的、除此之外沒有其他的了。中文意思是：「正因為…、就是因為…」。如例：

1 彼がいたからこそ、この計画は成功したと言われている。｜這項計畫之所以能夠成功，一般認為必須歸功於他。

2 田舎だからこそできる遊びがある。
某些遊戲要在鄉間才能玩。

3 友達だからこそ、悪いことをしたら注意してあげなければならないと思った。｜正因為是朋友，所以看到對方犯錯非得糾正不可。

◉ **比較：**ゆえ（に）〔因為…〕

「からこそ」表原因，表示不是因為別的，而就是因為這個原因，是一種強調順理成章的原因。是說話人主觀認定的原因，一般用在正面的原因；「ゆえ」也表原因，表示因果關係。後項是結果，前項是理由。

補充 ››› 〘**後接のだ／んだ**〙後面常和「のだ／んだ」一起使用。如例：

4 親は子供を愛しているからこそ、厳しいときもあるんだよ。｜有時候父母是出自於愛之深責之切，才會對兒女嚴格要求。

004

からといって

➡ {[名詞・形容動詞詞幹]だ；[形容詞・動詞]普通形}＋からといって

意思❶【原因】表示不能僅僅因為前面這一點理由，就做後面的動作，後面常接否定的說法，大多用在表達說話人的建議、評價上，或對某實際情況的提醒、訂正上。中文意思是：「（不能）僅因…就…、即使…，也不能…」。如例：

1 ゲームが好(す)きだからといって、1日中(にちじゅう)するのはよくない。
雖說喜歡打電玩，可是從早打到晚，身體會吃不消的。

2 日本(にほん)に住(す)んでいるからといって、日本語(にほんご)が話(はな)せるようにはならない。
即使住在日本，也未必就會說日語。

3 眠(ねむ)いからといって、歯(は)を磨(みが)かずに寝(ね)るのはよくない。
就算很睏，也不能連牙都沒刷倒頭就睡。

◉ **比較：**<u>といっても</u>〔雖然…，但…〕

「からといって」表原因，在這裡表示不能僅僅因為前項的理由，就有後面的否定說法；「といっても」也表原因，表示實際上並沒有聽話人所想的那麼多，雖說前項是事實，但程度很低。

補充 ▸▸▸〘**口語－からって**〙口語中常用「からって」。如例：

4 大変(たいへん)だからって、諦(あきら)めちゃだめだよ。
不能因為辛苦就半途而廢喔！

意思❷ **【引用理由】** 表示説話人引用別人陳述的理由。中文意思是：「(某某人)説是…(於是就)」。如例：

5 彼が好きだからといって、彼女は親の反対を押し切って結婚した。	她説喜歡他，於是就不顧父母反對結了婚。

005

しだいです

➔ {動詞普通形；動詞た形；動詞ている}＋次第です

意思❶ **【原因】** 解釋事情之所以會演變成如此的原由。是書面用語，語氣生硬。中文意思是：「由於…、才…、所以…」。如例：

1 今日は、先日お渡しできなかった資料を全部お持ちした次第です。

日前沒能交給您的資料，今天全部備齊帶過來了。

2 英語の日常会話しかできない私に通訳は無理だと思い、お断りした次第です。	我的英語能力頂多只有日常會話程度，實在無法擔當口譯重任，因此婉拒了那項工作。
3 母親が病気ということで、急いで帰国した次第です。	由於家母生病而緊急回國了。

◉ **比較：** ということだ〔總之就是…〕

「しだいです」表原因，解釋事情之所以會演變成這樣的原因；「ということだ」表結果，表示根據前項的情報、狀態得到某種結論。

006

だけに

➡ {名詞；形容動詞詞幹な；[形容詞・動詞]普通形}＋だけに

意思❶【原因】表示原因。表示正因為前項，理所當然地有相應的結果，或有比一般程度更深的後項的狀況。中文意思是：「到底是…、正因為…，所以更加…、由於…，所以特別…」。如例：

1 鈴木さんは中国で勉強しただけに、中国語の発音が正確だ。
鈴木小姐畢竟在中國讀過書，中文發音相當道地。

2 母は花が好きなだけに、花の名前をよく知っている。
由於媽媽喜歡花，所以對花的名稱知之甚詳。

3 彼は海の近くで育っただけに、泳ぎがとても上手です。
他在濱海小鎮長大，所以泳技宛如海底蛟龍。

4 100円ショップの品物は安いだけに、壊れやすいものが多い。
百圓商店的商品雖然便宜，但大多數都不耐用。

意思❷【反預料】表示結果與預料相反、事與願違。大多用在結果不好的情況。中文意思是：「正因為…反倒…」。如例：

5 親子三代で通った店だけに、なくなってしまうのは、大変残念です。
正因為是我家祖孫三代都喜歡的店家，就這樣關門，真叫人感到遺憾！

STEP 2 文法學習

◉ **比較：**だけあって〔不愧是…〕

「だけに」表原因，表示正因為前項，理所當然地才有比一般程度更深的後項的狀況。後項不管是正面或負面的評價都可以。「だけに」也用在跟預料、期待相反的結果；「だけあって」表符合期待，表示後項是根據前項合理推斷出的結果，後項是正面的評價。用在結果是跟自己預料的一樣時。

007

ばかりに

➔ {名詞である；形容動詞詞幹な；[形容詞・動詞] 普通形} ＋ばかりに

意思❶ **【原因】** 表示就是因為某事的緣故，造成後項不良結果或發生不好的事情，說話人含有後悔或遺憾的心情。中文意思是：「就因為…、都是因為…，結果…」。如例：

1 働きすぎたばかりに、体をこわしてしまった。

由於工作過勞而弄壞了身體。

2 電車に乗り遅れたばかりに、会議に間に合わなかった。

都怪沒趕上那班電車，害我來不及出席會議。

◉ **比較：**だけに〔正因為…〕

「ばかりに」表原因，表示就是因為前項的緣故，導致後項壞的結果或狀態，後項是一般不可能做的行為；「だけに」也表原因，表示正因為前項，理所當然地導致後來的狀況，或因為前項，理所當然地才有比一般程度更深的後項。

意思❷ **【願望】** 強調由於說話人的心願，導致極端的行為或事件發生，後項多為不辭辛勞或不願意做也得做的內容。常用「たいばかりに」的表現方式。中文意思是：「就是因為想…」。如例：

3 海外の彼女に会いたいばかりに、1週間も会社を休んでしまった。
只因為太思念國外的女友而向公司請了整整一星期的假。

4 テストに合格したいばかりに、カンニングをしてしまった。
就因為一心想通過測驗而不惜涉險作弊了。

008

ことから

{名詞である；形容動詞詞幹な；[形容詞・動詞]普通形}＋ことから

意思❶【理由】表示後項事件因前項而起。中文意思是：「從…來看、因為…」。如例：

1 妻とは同じ町の出身ということから、交際が始まった。
我和太太當初是基於同鄉之緣才開始交往的。

意思❷【由來】用於說明命名的由來。中文意思是：「…是由於…」。如例：

2 富士山が見えるということから、この町は富士町という名前が付いた。
由於可以遠眺富士山，因此這個地方被命名為富士町。

3 この鳥は目のまわりが白いことから、メジロと呼ばれている。
這種鳥由於眼周有一圈白環，於是日本人稱之為「白眼」。

意思❸【根據】根據前項的情況，來判斷出後面的結果或結論。中文意思是：「根據…來看」。如例：

4 煙が出ていることから、近所の工場で火事が発生したのが分かった。
從冒出濃煙的方向判斷，可以知道附近的工廠失火了。

STEP 2 文法學習

◉ **比較：ことだから**〔因為是…〕

「ことから」表根據，表示依據前項來判斷出後項的結果。也表示原因跟名稱的由來；「ことだから」表根據，表示說話人到目前為止的經驗，來推測前項，大致確實會有後項的意思。「ことだから」前面接的名詞一般為人或組織，而接中間要接「の」。

009

あげく（に／の）

➡ {動詞性名詞の；動詞た形}＋あげく（に／の）

意思❶ **【結果】** 表示事物最終的結果，指經過前面一番波折和努力所達到的最後結果或雪上加霜的結果，後句的結果多因前句，而造成精神上的負擔或麻煩，多用在消極的場合，不好的狀態。中文意思是：「…到最後、…，結果…」。如例：

1 その客(きゃく)は1時間以上(じかんいじょう)迷(まよ)ったあげく、何(なに)も買(か)わず帰(かえ)っていった。

那位顧客猶豫了不止一個鐘頭，結果什麼都沒買就離開了。

◉ **比較：うちに**〔趁著…〕

「あげくに」表結果，表示經過了前項一番波折並付出了極大的代價，最後卻導致後項不好的結果；「うちに」表時點，表示在某一狀態持續的期間，進行某種行為或動作。有「等到發生變化就晚了，趁現在…」的含意。

補充 ▸▸▸ **〘あげくの＋名詞〙** 後接名詞時，用「あげくの＋名詞」。如例：

2 彼女(かのじょ)の離婚(りこん)は、年月(ねんげつ)をかけて話(はな)し合(あ)ったあげくの結論(けつろん)だった。

她的離婚是經過多年來雙方商討之後才做出的結論。

補充 ▸▸▸ **〘さんざん～あげく〙** 常搭配「さんざん、いろいろ」等強調「不容易」的詞彙一起使用。

3 弟(おとうと)はさんざん悩(なや)んだあげく、大学(だいがく)をやめることにした。

弟弟經過一番掙扎，決定從大學輟學了。

補充 ▸▸▸〔**慣用表現**〕慣用表現「あげくの果て」為「あげく」的強調說法。如例：

4 兄はさんざん家族に心配をかけ、あげくの果てに警察に捕まった。

哥哥的行徑向來讓家人十分憂心，終究還是遭到了警方的逮捕。

010

すえ（に／の）

➡ ｛名詞の｝＋末（に／の）；｛動詞た形｝＋末（に／の）

意思❶【**結果**】表示「經過一段時間，做了各種艱難跟反覆的嘗試，最後成為…結果」之意，是動作、行為等的結果，意味著「某一期間的結束」，為書面語。中文意思是：「經過…最後、結果…、結局最後…」。如例：

1 これは、数年間話し合った末の結論です。

這是幾年來多次商談之後得出的結論。

2 両親と先生とよく話し合った末に、学校を決めた。

經過和父母與師長的詳細討論，決定了就讀的學校。

◉ **比較：**<u>あげくに</u>〔…到最後、結果…〕

「すえに」表結果，表示花了前項很長的時間，有了後項最後的結果，後項可以是積極的，也可以是消極的。較不含感情的說法。「あげくに」也表結果，表示經過前面一番波折達到的最後結果，後項是消極的結果。含有不滿的語氣。

補充 ▸▸▸〔**末の＋名詞**〕後接名詞時，用「末の＋名詞」。如例：

3 N1 合格は、努力した末の結果です。

能夠通過 N1 級測驗，必須歸功於努力的成果。

STEP 2 文法學習

補充 ▸▸▸〔末～結局〕語含說話人的印象跟心情，因此後項大多使用「結局、とうとう、ついに、色々、さんざん」等猶豫、思考、反覆等意思的副詞。如例：

4 さんざん悩(なや)んだ末(すえ)、結局(けっきょく)帰国(きこく)することにした。 | 經過一番天人交戰之後，結果還是決定回去故鄉了。

MEMO

文法知多少？

☞ 請完成以下題目，從選項中，選出正確答案，並完成句子。

▼ 答案詳見右下角

1 驚(おどろ)きの（　　）、腰(こし)が抜(ぬ)けてしまった。

1．だけに　　　2．あまり

2 一度(いちど)や二度(にど)失敗(しっぱい)した（　　）、自分(じぶん)の夢(ゆめ)を諦(あきら)めてはいけません。

1．からといって　　　2．といっても

3 信(しん)じていた（　　）、裏切(うらぎ)られたときはショックだった。

1．だけに　　　2．だけあって

4 保険金(ほけんきん)を手(て)に入(い)れたい（　　）、夫(おっと)を殺(ころ)してしまった。

1．ばかりに　　　2．だけに

5 些細(ささい)な（　　）、けんかが始(はじ)まった。

1．ことだから　　　2．ことから

6 諦(あきら)めずに実験(じっけん)を続(つづ)けた（　　）、とうとう開発(かいはつ)に成功(せいこう)した。

1．末(すえ)に　　　2．あげくに

答案：(1) 2　(2) 1　(3) 1　(4) 1　(5) 2　(6) 1

問題１　次の文章を読んで、文章全体の内容を考えて、［ 1 ］から［ 5 ］の中に入る最もよいものを、1・2・3・4の中から一つ選びなさい。

マナーの違い

日本では、人に物を差し上げる場合、「粗末なものですが」と言って差し上げる習慣がある。ところが、欧米人などは、そうではない。「すごくおいしいので」とか、「とっても素晴らしい物です」といって差し上げる。

そして、日本人のこの習慣について、［ 1 ］言う。

「つまらないと思っている物を人に差し上げるなんて、失礼だ。」と。

［ 2 ］。私は、そうは思わない。日本人は相手のすばらしさを尊重し強調する［ 3 ］、自分の物を低めて言うのだ。「とても素晴らしいあなた。あなたに差し上げるにしては、これはとても粗末なものです。」と言っているのではないだろうか。

そして、日本人は逆に欧米の習慣に対して、「自分の物を褒めるなんて」と非難する。

私は、これもおかしいと思う。自分の物を素晴らしいから、おいしいからと言って人に差し上げるのも、相手を素晴らしいと思っているからなのだ。「すばらしいあなた。これは、そんな素晴らしいあなたにふさわしいものですから、［ 4 ］。」と言っているのだと思う。

［ 5 ］、どちらも心の底にある気持ちは同じで、相手のすばらしさを表現するための表現なのだ。その同じ気持ちが、全く反対の言葉で表現されるというのは非常に興味深いことに思われる。

（注1）粗末：品質が悪いこと

1

1 そう　　2 こう
3 そうして　　4 こうして

2

1 そう思うか　　2 そうだろうか
3 そうだったのか　　4 そうではないか

3

1 かぎり　　2 あまり
3 あげく　　4 ものの

4

1 受け取らせます　　2 受け取らせてください
3 受け取ってください　　4 受け取ってあげます

5

1 つまり　　2 ところが
3 なぜなら　　4 とはいえ

▼ 翻譯與詳解請見 P.184

条件、逆説、例示、並列

條件、逆說、例示、並列

Lesson 04

▼ STEP 1_ 文法速記心智圖

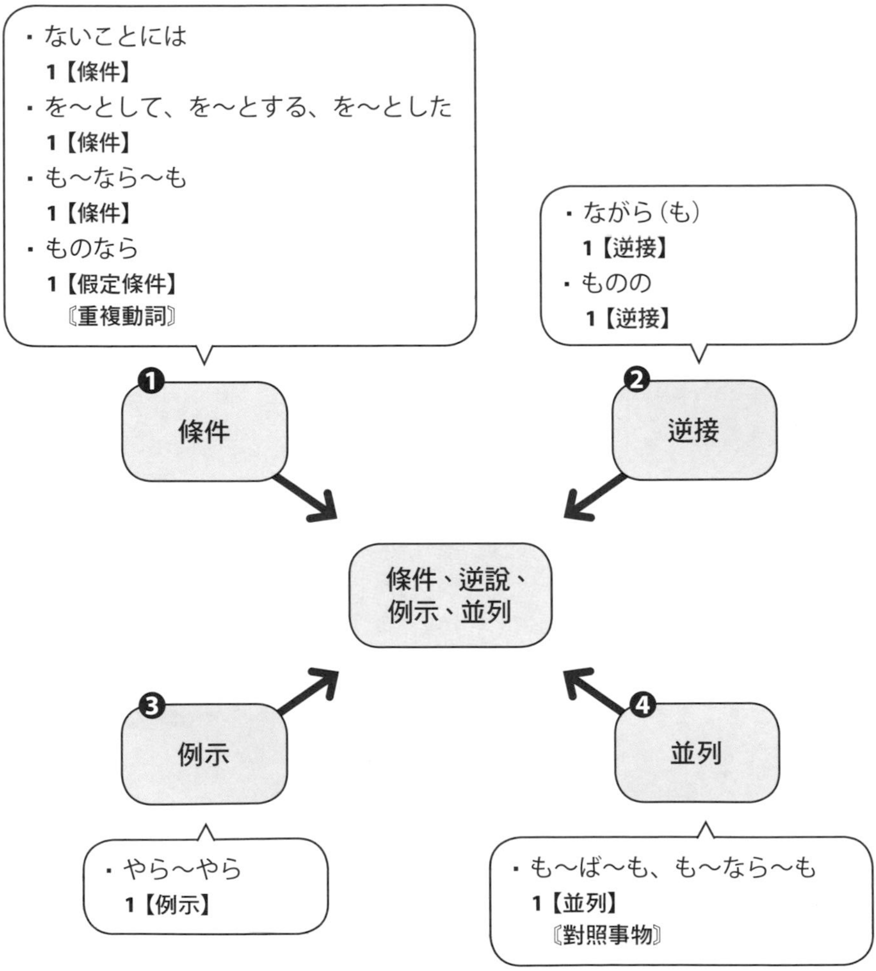

- ないことには
  1【條件】
- を～として、を～とする、を～とした
  1【條件】
- も～なら～も
  1【條件】
- ものなら
  1【假定條件】
  〔重複動詞〕

❶ 條件

- ながら（も）
  1【逆接】
- ものの
  1【逆接】

❷ 逆接

條件、逆說、例示、並列

❸ 例示

- やら～やら
  1【例示】

❹ 並列

- も～ば～も、も～なら～も
  1【並列】
  〔對照事物〕

STEP 2 文法學習

001

● ないことには

➡ {動詞否定形}＋ないことには

意思❶ **【條件】** 表示如果不實現前項，也就不能實現後項，後項的成立以前項的成立為第一要件。後項一般是消極的、否定的結果。中文意思是：「要是不…、如果不…的話，就…」。如例：

1 お金(かね)がないことには、何(なに)もできない。
沒有金錢，萬事不能。

2 社長(しゃちょう)に確認(かくにん)を取(と)らないことには、新(あたら)しいパソコンが買(か)えない。	在尚未得到總經理的同意之前，還不能添購新電腦。
3 漢字(かんじ)を覚(おぼ)えないことには、日本(にほん)での生活(せいかつ)は大変(たいへん)だ。	住在日本如果不懂漢字，在生活上非常不方便。
4 面接(めんせつ)をしないことには、給料(きゅうりょう)の話(はなし)もできない。	沒有參加面試的機會，也就遑論進一步談薪資了。

◉ **比較：** からといって〔即使…也不能…〕

「ないことには」表條件，表示如果不實現前項，也就不能實現後項；「からといって」表原因，表示不能只因為前面這一點理由，就做後面的動作。

002

● を～として、を～とする、を～とした

➡ {名詞}＋を＋{名詞}＋として、とする、とした

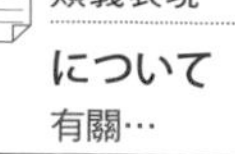

STEP 2 文法學習

意思❶【條件】表示把一種事物當做或設定為另一種事物，或表示決定、認定的內容。「として」的前面接表示地位、資格、名分、種類或目的的詞。中文意思是：「把…視為…（的）、把…當做…（的）」。如例：

1 学生を中心としたボランティアグループが作られた。
成立了一個以學生為主要成員的志工團體。

2 N2 合格を目的とした勉強会が開かれた。
組成了一個以通過 N2 級測驗為目標的讀書會。

3 この教科書は留学生を対象としたものだ。
這本教科書是專為留學生所編寫的。

4 今回の国際会議では、環境問題を中心とした議論が続いた。
在本屆國際會議中，進行了一連串以環境議題為主旨的論壇。

◉ **比較：** について〔有關…〕

「を～として」表條件，表示視前項為某種事物進而採取後項行動；「について」表意圖行為，表示就前項事物來進行說明、思考、調查、詢問、撰寫等動作。

003

も～なら～も

➡ {名詞}＋も＋{同名詞}＋なら＋{名詞}＋も＋{同名詞}

意思❶【條件】表示雙方都有缺點，帶有譴責的語氣。中文意思是：「…不…，…也不…、…有…的不對，…有…的不是」。如例：

1 電車で騒いでいる子供の親をみていると、子も子なら親も親だと思う。
看到放縱小孩在電車裡嬉鬧的家長時，總覺得不光是孩子行為偏差，大人也沒有盡到責任。

2 学生も学生なら先生も先生だ。
學生沒有學生的規矩，師長也沒有師長的風範。

3 店長も店長なら店員も店員だ。こんなサービスの悪い店、二度と来たくない。
別說店長不行，店員更糟糕。服務這麼差的店，我再也不會上門光顧了！

4 隣のご夫婦、毎日喧嘩ばかりしているね。ご主人もご主人なら、奥さんも奥さんだ。
隔壁那對夫婦天天吵架。先生有不對之處，太太也有該檢討的地方。

◉ **比較：**<u>も～し～も</u>〔既…又…〕

「も～なら～も」表條件，表示雙方都有問題存在，都應該遭到譴責；「も～し～も」表反覆，表示反覆說明同性質的事物。例如：「ここは家賃も安いし、景色もいいです／這裡房租便宜，景觀也好」。

004

ものなら

Track-036

類義表現
ものだから
都是因為…

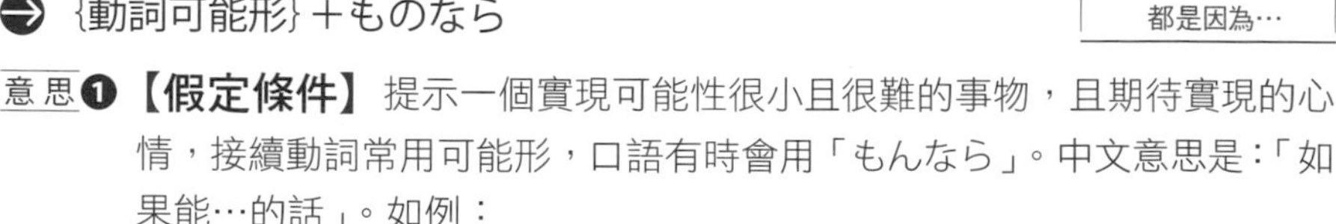

➡ {動詞可能形}＋ものなら

意思❶ **【假定條件】** 提示一個實現可能性很小且很難的事物，且期待實現的心情，接續動詞常用可能形，口語有時會用「もんなら」。中文意思是：「如果能…的話」。如例：

1 できるものなら、今すぐにでも帰国したい。
如果辦得到，真希望立刻飛奔回國。

2 戻れるものなら学生時代に戻ってもう一度やりなおしたい。
可以回去的話，真想重新再一次回到學生時代。

3 彼女のことを、忘れられるものなら忘れたいよ。

如果能夠，真希望徹底忘了她。

補充 ▸▸▸〔重複動詞〕重複使用同一動詞時，有強調實際上不可能做的意味。表示挑釁對方做某行為。帶著向對方挑戰，放任對方去做的意味。由於是種容易惹怒對方的講法，使用上必須格外留意。後項常接「てみろ」、「てみせろ」等。中文意思是：「要是能…就…」。如例：

4 いつも課長の悪口ばかり言っているな。直接言えるものなら言ってみろよ。
｜你老是在背後抱怨課長。真有那個膽量，不如當面説給他聽吧！

◉ **比較：**ものだから〔都是因為…〕

「ものなら」表假定條件，常用於挑釁對方，前接包含可能意義的動詞，通常後接表示嘗試、願望或命令的語句；「ものだから」表理由，常用於為自己找藉口辯解，陳述理由，意為「就是因為…才…」。

005

Track-037

類義表現
どころか
何止…

ながら（も）

➔ {名詞；形容動詞詞幹；形容詞辭書形；動詞ます形}＋ながら（も）

意思❶【逆接】連接兩個矛盾的事物，表示後項與前項所預想的不同。中文意思是：「很…的是、雖然…，但是…、儘管…、明明…卻…」。如例：

1 残念ながら、結婚式には出席できません。
｜很可惜的是，我無法參加婚禮。

2 貯金しなければと思いながらも、ついつい使ってしまう。

心裡分明知道非存錢不可，還是不由自主花錢如水。

3 すぐ近くまで行きながらも、急用ができてお伺いできませんでした。
雖然已經到了貴府附近，無奈臨時有急事，因而沒能登門拜訪。

4 息子は、今日こそは勉強すると言いながら、結局ゲームをしている。
我兒子明明自己說今天一定會用功，結果還是一直打電玩。

◉ **比較：どころか**〔何止…〕

「ながら」表逆接，表示一般如果是前項的話，不應該有後項，但是確有後項的矛盾關係；「どころか」表對比，表示程度的對比，比起前項後項更為如何。後項內容大多跟前項所說的相反。

006

Track-038

ものの

➡ {名詞である；形容動詞詞幹な；[形容詞・動詞] 普通形} ＋ものの

意思❶ **【逆接】** 表示姑且承認前項，但後項不能順著前項發展下去。後項是否定性的內容，一般是對於自己所做、所說或某種狀態沒有信心，很難實現等的說法。中文意思是：「雖然…但是…」。如例：

1 友人とランチでもしようかと思ったものの、忙しくて連絡ができていない。
儘管一直想約朋友吃頓飯，卻忙到根本沒時間聯絡。

2 妹は「大丈夫」というものの、なにか悩んでいる様子だ。
妹妹雖然嘴上說「沒問題」，但是看起來似乎有心事。

3 毎日漢字を勉強しているものの、なかなか覚えられない。
儘管每天都在學習漢字，卻怎麼樣都記不住。

4 この会社は給料が高いものの、人間関係はあまりよくない。
這家公司雖然薪資很高，內部的人際關係卻不太融洽。

STEP 2 文法學習

◉ 比較：とはいえ〔雖說…〕

「ものの」表逆接，表示後項跟之前所預料的不一樣；「とはいえ」也表逆接，表示後項的結果跟前項的情況不一致，用在否定前項的既有印象，通常後接說話者的意見或評斷的表現方式。

007

類義表現
とか～とか
…啦…啦

やら～やら

➔ {名詞} ＋やら＋ {名詞} ＋やら、{形容動詞詞幹；[形容詞・動詞] 普通形} ＋やら＋ {形容動詞詞幹；[形容詞・動詞] 普通形} ＋やら

意思❶【例示】表示從一些同類事項中，列舉出兩項。大多用在有這樣，又有那樣，真受不了的情況。多有感覺麻煩、複雜，心情不快的語感。中文意思是：「…啦…啦、又…又…」。如例：

1 花粉症で、鼻水がでるやら目が痒いやら、もう我慢できない。
由於花粉熱發作，又是流鼻水又是眼睛癢的，都快崩潰啦！

2 去年は台風が５回もくるやら大地震が起きるやら、異常な年だった。
去年是天象異常的一年，不僅受到颱風侵襲多達五次，還發生了大地震。

3 昨日は電車で書類を忘れるやら財布をとられるやら、さんざんな日だった。
昨天在電車上又是遺失文件又是錢包被偷，可以說是慘兮兮的一天。

4 連休は旅行やら食事やらで、毎日忙しかった。
連休假期不是旅行就是吃美食，每天忙得很充實。

◉ 比較：とか～とか〔…啦…啦〕

「やら～やら」表例示，表示從這些事項當中舉出幾個當例子，含有除此之外，還有其他。說話者大多抱持不滿的心情；「とか～とか」也表列示，但是只是單純的從幾個例子中，例舉出代表性的事例。不一定抱持不滿的心情。

008

Track-040

類義表現
やら～やら
…啦…啦

も～ば～も、も～なら～も

➡ {名詞} ＋も＋ {[形容詞・動詞] 假定形} ＋ば {名詞} ＋も；
{名詞} ＋も＋ {名詞・形容動詞詞幹} ＋なら、{名詞} ＋も

意思❶【並列】把類似的事物並列起來，用意在強調。中文意思是：「既…又…、也…也…」。如例：

1 お正月(しょうがつ)は、病院(びょういん)も休(やす)みなら銀行(ぎんこう)も休(やす)みですよ。気(き)をつけて。
元旦假期不僅醫院休診，銀行也暫停營業，要留意喔！

2 彼女(かのじょ)はお酒(さけ)も飲(の)めば甘(あま)い物(もの)も好(す)きなので健康(けんこう)が心配(しんぱい)だ。
她喜歡喝酒又嗜吃甜食，健康狀況令人擔憂。

3 私(わたし)の祖母(そぼ)の家(いえ)は、近(ちか)くにコンビニもなければスーパーもない。
我奶奶家附近既沒有超商也沒有超市。

◉ **比較：**やら～やら〔…啦…啦〕

「も～ば～も」表並列關係，在前項加上同類的後項；「やら～やら」表例示，說話者大多抱持不滿的心情，從這些事項當中舉出幾個當例子，暗含還有其他。

補充 ››› 〘**對照事物**〙或並列對照性的事物，表示還有很多情況。中文意思是：「有時…有時…」。如例：

4 試験(しけん)の結果(けっか)は、いい時(とき)もあれば悪(わる)い時(とき)もある。
考試的分數時高時低。

文法知多少？

☞ 請完成以下題目，從選項中，選出正確答案，並完成句子。

▼ 答案詳見右下角

1 まず付き合ってみ（　　）、どんな人か分かりません。

1．からといって　　2．ないことには

2 これを一つの区切り（　　）、これまでの成果を広く知ってもらおうと思います。

1．について　　2．として

3 面と向かって言える（　　）、言ってみなさい。

1．ものなら　　2．ものだから

4 最近の財布は、小さい（　　）抜群の収納力があります。

1．ながらも　　2．どころか

5 祖父は体は丈夫な（　　）、最近目が悪くなってきた。

1．とはいえ　　2．ものの

6 彼は酒癖が悪くて、酒を飲んだら泣く（　　）わめく（　　）大変だ。

1．やら・やら　　2．とか・とか

答案：（1）2　（2）2　（3）1　（4）1
（5）2　（6）1

問題1　つぎの文の（　　　）に入れるのに最もよいものを、1・2・3・4から一つえらびなさい。

1　どんな事件でも、現場へ行って自分の目で見ないことには、読者の心に響く（　　　）。

1　いい記事が書けるのだ　　2　いい記事を書くことだ
3　いい記事は書けない　　4　いい記事を書け

2　もう一度やり直せるものなら、（　　　）。

1　本当に良かった　　2　もう失敗はしない
3　絶対に無理だ　　4　大丈夫だろうか

3　今の妻とお見合いした時は、恥ずかしい（　　　）緊張する（　　　）大変でした。

1　や・など　　2　とか・とか
3　やら・やら　　4　にしろ・にしろ

4　悩んだ（　　　）、帰国を決めた。

1　せいで　　2　ものなら　　3　わりに　　4　末に

問題2　つぎの文の＿★＿に入る最もよいものを、1・2・3・4から一つえらびなさい。

5　母が亡くなった。優しかった ＿＿ ＿＿ ＿★＿ ＿＿ 戻りたい。

1　母と　　2　子供のころに
3　戻れるものなら　　4　暮らした

6　＿＿ ＿＿ ＿★＿ ＿＿ みんなに勇気を与える存在だ。

1　体に障害を　　2　いつも笑顔の　　3　彼女は　　4　抱えながら

▼ 翻譯與詳解請見 P.185

Lesson 05

付帯、付加、変化

附帶、附加、變化

▼ STEP 1_ 文法速記心智圖

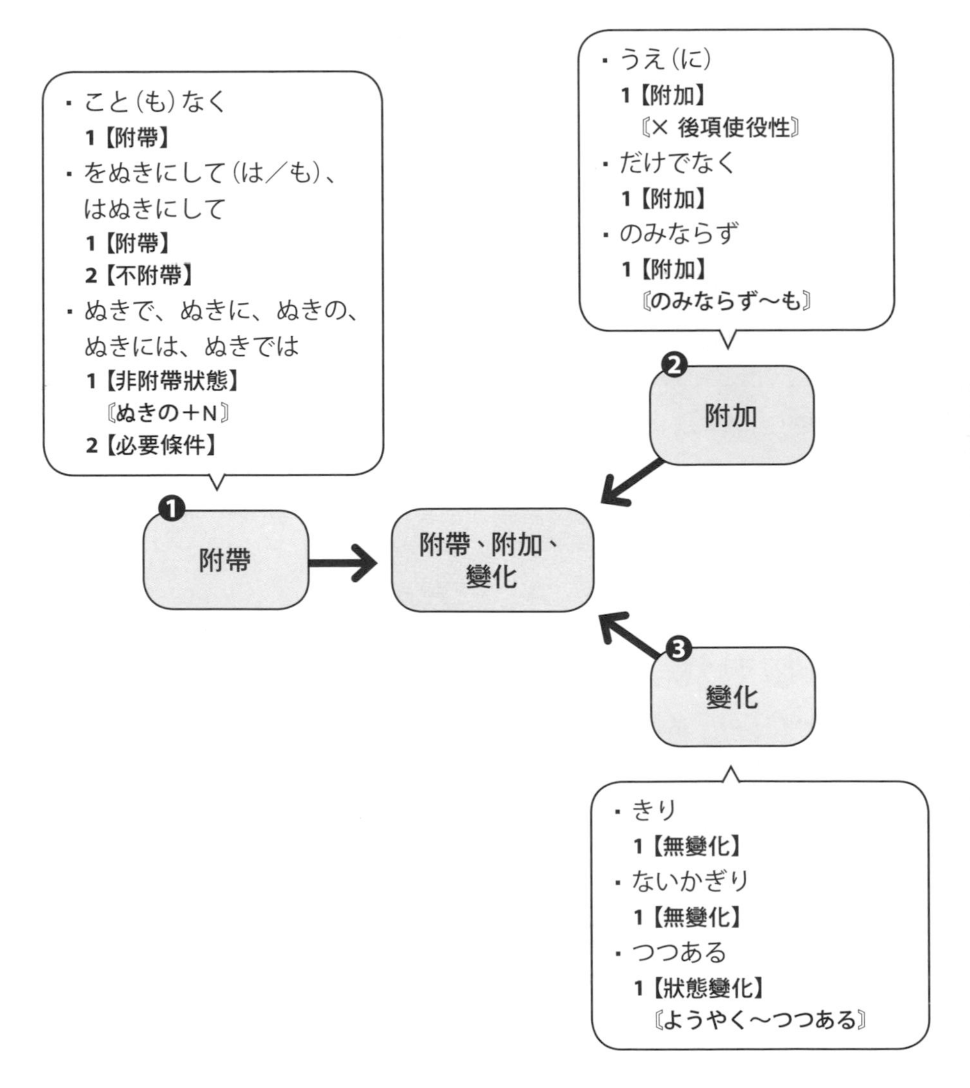

STEP 2 文法學習

001

Track-041

類義表現
ぬきで
省去…

● こと(も)なく

➡ {動詞辭書形}＋こと（も）なく

意思❶【附帶】表示「沒做…，而做…」。中文意思是：「不…、不…（就）…、不…地…」。也表示從來沒有發生過某事，或出現某情況。

1 年末年始も、休むことなくアルバイトをした。
從年底到元旦假期也一直忙著打工，連一天都沒有休息。

2 誰も怪我をすることなく、無事試合は終わった。
在沒有任何一名隊員受傷的情況之下，順利完成了比賽。

3 彼は緊張することなく、最後まで落ち着いてスピーチをした。
他一點也不緊張，神色自若地完成了演講。

4 週末は体調が悪かったので、外出することもなくずっと家にいました。
由於身體狀況不佳，週末一直待在家裡沒出門。

◉ **比較：**ぬきで〔省去…〕

「ことなく」，表附帶，表示沒有進行前項被期待的動作，就開始了後項的動作的；「ぬきで」表非附帶狀態，表示除去或撇開説話人認為是多餘的前項，而直接做後項的事物。

002

Track-042

類義表現
はもとより
不僅…其他還有…

● をぬきにして(は／も)、はぬきにして

➡ {名詞}＋を抜きにして（は／も）、は抜きにして

意思❶【附帶】「抜き」是「抜く」的ます形，後轉當名詞用。表示沒有前項，後項就很難成立。中文意思是：「沒有…就（不能）…」。如例：

05 STEP 2 文法學習

1 家族の協力や援助を抜きにして、実験の成功はなかったはずだ。
如果沒有家人的協助與金援，這項實驗恐怕無法順利完成。

2 彼の活躍を抜きにして、この試合には勝てなかっただろう。
若是沒有他的活躍表現，想必這場比賽不可能獲勝！

◉ **比較：はもとより**〔不僅…其他還有…〕
「をぬきにして」表附帶，表示沒有前項，後項就很難成立；「はもとより」表附加，表示前後兩項都不例外。

意思❷ **【不附帶】** 表示去掉前項一般情況下會有的事態，做後項動作。中文意思是：「去掉…、停止…」。如例：

3 冗談を抜きにして、本当のことを言ってください。
請不要開玩笑，告訴我實情！

4 仕事の話は抜きにして、今日は楽しく飲みましょう。
今天不談工作的事，大家喝個痛快吧！

003

ぬきで、ぬきに、ぬきの、ぬきには、ぬきでは

Track-043

類義表現
にかわって
代替…

意思❶ **【非附帶狀態】** {名詞}＋抜きで、抜きに、抜きの。表示除去或省略一般應該有的部分。中文意思是：「省去…、沒有…」。如例：

1 明日は試験です。今日は休憩抜きで頑張りましょう。
明天就要考試了，今天別休息，加把勁做最後衝刺吧！

2 今日は忙しくて、昼食抜きで働いていた。
今天忙得團團轉，從早工作到晚，連午餐都沒空吃。

補充 ▸▸▸〖ぬきの＋ N〗後接名詞時，用「抜きの＋名詞」。如例：

3 ネギ抜きのたまごうどんを一つ、お願いします。｜麻煩我要一碗不加蔥的雞蛋烏龍麵。

意思❷【必要條件】{名詞}＋抜きには、抜きでは。為「如果沒有…（，就無法…）」之意。如例：

4 今日の送別会は君抜きでは始まりませんよ。｜今天的歡送會怎能缺少你這位主角呢？

◉ **比較：にかわって**〔代替…〕

「ぬきでは」表必要條件，表示若沒有前項，後項本來期待的或預期的事也無法成立；「にかわって」表代理，意為代替前項做某件事。

004

うえ（に）

Track-044

類義表現
うえで
…之後

➔ {名詞の；形容動詞詞幹な；[形容詞・動詞] 普通形}＋上（に）

意思❶【附加】表示追加、補充同類的內容。在本來就有的某種情況之外，另外還有比前面更甚的情況。正面負面都可以使用。含有「十分、無可挑剔」的語感。中文意思是：「…而且…、不僅…，而且…、在…之上，又…」。如例：

1 彼女は中国語ができる上に、事務の仕事も正確だ。｜她不僅會中文，處理行政事務也很精確。

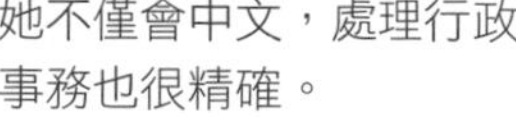

2 寒い上に、雨も降って来た。｜天氣不僅寒冷，還下起雨來了。

05 STEP 2 文法學習

3 この携帯電話は使いやすい上に、電話代が安い。

這支行動電話不僅操作簡便，而且可以搭配實惠的通話方案。

4 朝から頭が痛い上に、少し熱があるので、早く帰りたい。

一早就開始頭痛，還有點發燒，所以想快點回家休息。

◉ **比較：**<u>うえで</u>〔…之後〕

「うえ（に）」表附加，表示追加、補充同類的內容；「うえで」表時間的前後，表動作的先後順序。先做前項，在前項的基礎上，再做後項。

補充 ▸▸▸〘✕ **後項使役性**〙後項不能用拜託、勸誘、命令、禁止等使役性的表達形式。另外前後項必需是同一性質的，也就是前項為正面因素，後項也必需是正面因素，負面以此類推。

005

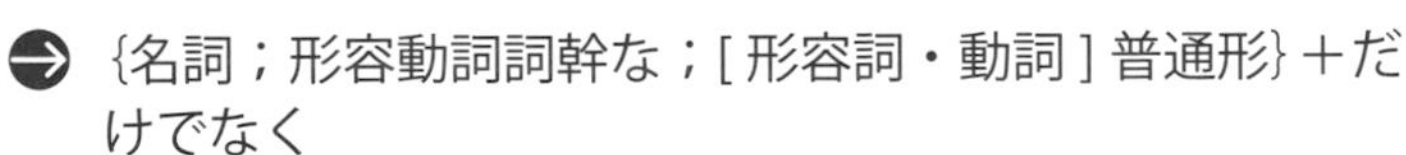

だけでなく

➔ {名詞；形容動詞詞幹な；[形容詞・動詞] 普通形} ＋だけでなく

意思❶ **【附加】** 表示前項和後項兩者皆是，或是兩者都要。中文意思是：「不只是…也…、不光是…也…」。如例：

1 肉だけでなく、野菜も食べなさい。

別光吃肉，也要吃青菜！

2 日本語の文字は漢字だけでなく、平仮名と片仮名もあります。
日語的文字不是只有漢字，還有平假名和片假名。

3 市立図書館では本だけでなく、CD や DVD も借りられます。
在市立圖書館不僅可以借書，還能借 CD 和 DVD。

4 新宿は週末だけでなく、平日も人が多い。
新宿不僅週末人山人海，在平日時段同樣人潮絡繹不絕。

◉ **比較：** ばかりか〔不僅…而且…〕

「だけでなく」表附加，表示前項後項兩者都是，不僅有前項的情況，同時還添加、累加後項的情況；「ばかりか」也表附加，表示除前項的情況之外，還有後項程度更甚的情況。

006

Track-046

類義表現
にとどまらず
不僅…而且…

のみならず

➡ {名詞；形容動詞詞幹である；[形容詞・動詞] 普通形}＋のみならず

意思❶ **【附加】** 表示添加，用在不僅限於前接詞的範圍，還有後項更進一層、範圍更為擴大的情況。中文意思是：「不僅…，也…、不僅…，而且…、非但…，尚且…」。如例：

1 漫画は子供のみならず、大人にも読まれている。
漫畫不但兒童可看，也很適合成人閱讀。

2 都心のみならず、地方でも少子高齢化が問題になっている。
不光是都市精華地段，包括村鎮地區同樣面臨了少子化與高齡化的考驗。

3 カラオケという言葉(ことば)は日本(にほん)のみならず海外(かいがい)でも使(つか)われている。

「卡拉 OK」這個名詞不僅限於日本，在海外也同樣被廣為使用。

◉ **比較：にとどまらず**〔不僅…而且…〕

「のみならず」表附加，帶有「範圍擴大到…」的語意；「にとどまらず」表非限定，前面常接區域或時間名詞，表示「不僅限於前項的狹窄範圍，已經涉及到後項這一廣大範圍」的意思。但使用的範圍沒有「のみならず」那麼廣大。

補充 ▸▸▸〘**のみならず～も**〙後項常用「も、まで、さえ」等詞語。

4 ボーナスのみならず、給料(きゅうりょう)さえもカットされるそうだ。

據說不光是獎金縮水，甚至還要減俸。

007

● きり

➔ {動詞た形}＋きり

意思❶ **【無變化】** 後面常接否定的形式，表示前項的動作完成之後，應該進展的事，就再也沒有下文了。含有出乎意料地，那之後再沒有進展的意外的語感。中文意思是：「…之後，再也沒有…、…之後就…」。如例：

1 彼(かれ)とは去年(きょねん)会(あ)ったきり、連絡(れんらく)もない。

我和他自從去年見過面之後就沒聯絡了。

2 息子(むすこ)は自分(じぶん)の部屋(へや)に入(はい)ったきり、出(で)てこない。

兒子進了自己的房間之後就沒出來了。

3 寝(ね)たきりのお年寄(としよ)りが多(おお)くなってきた。

據說臥病在床的銀髮族有增多的趨勢。

4 隣のお宅の息子さんは、10 年前に家を出たきりだ。

隔壁鄰居的公子自從十年前離家以後，再也不曾回來了。

◉ 比較：しか〔只有…〕

「きり」表示無變化，後接否定表示發生前項的狀態後，再也沒有發生後項的狀態。另外。還有限定的意思，也可以後接否定；「しか」只有表示限定、限制，後面雖然也接否定的表達方式，但有消極的語感。

008

ないかぎり

➡ {動詞否定形} ＋ないかぎり

意思❶【無變化】表示只要某狀態不發生變化，結果就不會有變化。含有如果狀態發生變化了，結果也會有變化的可能性。中文意思是：「除非…，否則就…、只要不…，就…」。如例：

1 ビザが下りない限り、日本では生活できない。

在尚未取得簽證之前，無法在日本居住。

2 主人が謝ってこない限り、私からは何も話さない。

除非丈夫向我道歉，否則我沒什麼話要對他說的！

3 手術をしない限り、その病気は治らない。

除非動手術，否則那種病無法痊癒。

4 この会社を辞めない限り、私は自分の能力を生かせないと思う。

只要不離開這家公司，恐怕就沒有機會發揮自己的才華。

STEP 2 文法學習

◉ **比較：**ないうちに〔趁沒…〕

「ないかぎり」表無變化，表示只要某狀態不發生變化，結果就不會有變化；而「ないうちに」表期間，表示在前面的狀態還沒有產生變化，做後面的動作。

009

つつある

➔ {動詞ます形}＋つつある

意思❶ **【狀態變化】** 接繼續動詞後面，表示某一動作或作用正向著某一方向持續發展，為書面用語。相較於「ている」表示某動作做到一半，「つつある」則表示正處於某種變化中，因此，前面不可接「食べる、書く、生きる」等動詞。中文意思是：「正在…」。如例：

1 太陽（たいよう）が沈（しず）みつつある。
太陽漸漸西沉。

2 日本（にほん）の子供（こども）は減（へ）りつつある。
日本正面臨少子化的問題。

3 インフルエンザは全国（ぜんこく）で流行（りゅうこう）しつつある。
全國各地正在發生流行性感冒的大規模傳染。

◉ **比較：**ようとしている〔即將要…〕

「つつある」表狀態變化，強調某件事情或某個狀態正朝著一定的方向，一點一點在變化中，也就是變化在進行中；「ようとしている」表進行，表示某狀態、狀況就要開始或是結束。

補充 ▸▸▸ **〘ようやく～つつある〙** 常與副詞「ようやく、どんどん、だんだん、しだいに、少しずつ」一起使用。如例：

4 日本（にほん）に来（き）て３か月（げつ）。日本（にほん）での生活（せいかつ）にもようやく慣（な）れつつある。
來到日本三個月了，一切逐漸適應當中。

文法知多少？

☞ 請完成以下題目，從選項中，選出正確答案，並完成句子。

▼ 答案詳見右下角

1 親に報告する（　　）、二人は結婚届を出してしまった。

1．ことなく　　2．抜きで

2 細かい問題（　　）、双方は概ね合意に達しました。

1．はもとより　　2．を抜きにして

3 おすしは、わさび（　　）お願いします。

1．抜きで　　2．に先立ち

4 あのバンドはアジア（　　）ヨーロッパでも人気があります。

1．のみならず　　2．にかかわらず

5 彼女とは一度会った（　　）、その後会っていない。

1．きり　　2．まま

6 地球は次第に温暖化し（　　）。

1．ようとしている　　2．つつある

答案：(1) 1　(2) 2　(3) 1　(4) 1　(5) 1　(6) 2

問題1　次の文章を読んで、文章全体の内容を考えて、［1］から［5］の中に入る最もよいものを、1・2・3・4の中から一つ選びなさい。

「読書の楽しみ」

最近の若者は、本を読まなくなったとよく言われる。2009年のOECD（註1）の調査では、日本の15歳の子どもで、「趣味としての読書をしない」という人が、44%もいるということである。

私は、若者の読書離れを非常に残念に思っている。若者に、もっと本を読んで欲しいと思っている。なぜそう思うのか。

まず、本を読むのは楽しい［1］。本を読むと、いろいろな経験ができる。行ったことがない場所にも行けるし、過去にも未来にも行くことができる。自分以外の人間になることもできる。自分の知識も［2］。その楽しみを、まず知ってほしいと思うからだ。

また、本を読むと、友達ができる。私は、好きな作家の本を次々に読むが、そうすることで、その作家を知って友達になれる［3］、その作家を好きな人とも意気投合（註2）して友達になれるのだ。

しかし、特に若者に本を読んで欲しいと思ういちばんの理由は、本を読むことで、判断力を深めて欲しいと思うからである。生きていると、どうしても困難や不幸な出来事にあう。どうしていいか分からず、誰にも相談できないようなことも［4］。そんなとき、それを自分だけに特殊なことだと捉えず、ほかの人にも起こり得ることだということを教えてくれるのは、読書の効果だと思うからだ。そして、ほかの人たちが［5］その悩みや窮地（註3）を克服したのかを参考にしてほしいと思うからである。

（注1）OECD：経済協力開発機構

(注 2) 意気投合：たがいの気持ちがぴったり合うこと

(注 3) 窮地：苦しい立場

1

1 そうだ　　2 ようだ
3 からだ　　4 くらいだ

2

1 増える　　2 増やす
3 増えている　　4 増やしている

3

1 ばかりに　　2 からには
3 に際して　　4 だけでなく

4

1 起こった　　2 起こってしまった
3 起こっている　　4 起こるかもしれない

5

1 いったい　　2 どうやら
3 どのようにして　　4 どうにかして

▼ 翻譯與詳解請見 P.187

Lesson 06

程度、強調、同様

程度、強調、相同

▼ STEP 1_ 文法速記心智圖

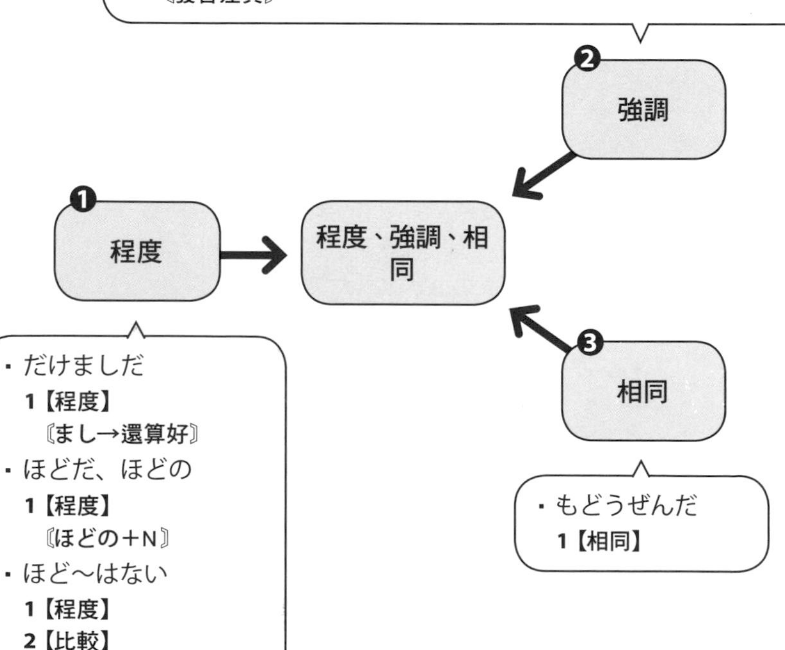

STEP 2 文法學習

001

● だけましだ

➡ {形容動詞詞幹な；[形容詞・動詞] 普通形} ＋だけましだ

意思❶ **【程度】** 表示情況雖然不是很理想，或是遇上了不好的事情，但也沒有差到什麼地步，或是有「不幸中的大幸」。有安慰人的感覺。中文意思是：「幸好、還好、好在…」。如例：

1 仕事は大変だけど、この不景気にボーナスが出るだけましだよ。
工作雖然辛苦，幸好公司在這景氣蕭條的時代還願意提供員工獎金。

2 今日は寒いけれど、雪が降らないだけましです。
今天雖然很冷，但幸好沒有下雪。

3 この会社、時給は安いけれど、交通費が出るだけましだ。
這家公司儘管時薪不高，所幸還願意給付交通費。

4 私の家は家賃も高くて狭いけれど、駅から近いだけましだ。
我家房租昂貴、空間又小，唯一的好處是車站近在咫尺。

◉ **比較：** だけで〔光…就…〕

「だけましだ」表程度，表示儘管情況不是很理想，但沒有更差，還好只到此為止；「だけで」表限定，限定只需這種數量、場所、人物或手段就可以把事情辦好。

補充 ▸▸▸ **〚まし→還算好〛**「まし」有雖然談不上是好的，但比糟糕透頂的那個比起來，算是好的之意。

06 STEP 2 文法學習

002

ほどだ、ほどの

➡ {名詞；形容動詞詞幹な；[形容詞・動詞]辭書形}＋ほどだ

意思❶ **【程度】** 表示對事態舉出具體的狀況或事例。為了說明前項達到什麼程度，在後項舉出具體的事例來，也就是具體的表達狀態或動作的程度有多高的意思。中文意思是：「幾乎…、簡直…、達到…程度」。如例：

1 もう二度と会社に行きたくないと思うほど、大きい失敗をしたことがある。
我曾在工作上闖了大禍，幾乎沒有臉再去公司了。

2 朝の電車は息ができないほど混んでいる。
晨間時段的電車擠得讓人幾乎無法呼吸。

◉ **比較：** ぐらいだ〔簡直…〕

「ほどだ」表程度，表示最高程度；「ぐらいだ」也表程度，但表示最低程度。

補充 ▸▸▸ **〘ほどの＋ N〙** 後接名詞，用「ほどの＋名詞」。如例：

3 彼は君が尊敬するほどの人ではない。
他不值得你的尊敬。

4 持ちきれないほどのお土産を買って帰ってきた。
買了好多伴手禮回來，兩手都快提不動了。

003

ほど～はない

意思❶ **【程度】** {動詞辭書形}＋ほどのことではない。表示程度很輕，沒什麼大不了的「用不著…」之意。中文意思是：「用不著…」。如例：

1 忘年会をいつにするかなんて、会議で話し合うほどのことではない。

尾牙應該在什麼時候舉行，這種小問題用不著開會討論。

2 こんな風邪、薬を飲むほどのことではないよ。

區區小感冒，不需要吃藥嘛。

◉ **比較：**<u>くらい～はない</u>〔最為…〕

「ほど～はない」表程度，表示程度輕，沒什麼大不了；「くらい～はない」表程度，表示的事物是最高程度的。

意思❷ **【比較】**｛名詞；形容動詞詞幹な；［形容詞・動詞］辭書形｝＋ほど～はない。表示在同類事物中是最高的，除了這個之外，沒有可以相比的，強調說話人主觀地進行評價的情況。中文意思是：「沒有比…更…」。如例：

3 今月ほど忙しかった月はない。

一年之中沒有比這個月更忙的月份了。

4 富士山ほど美しい山はないと思う。

我覺得再沒有比富士山更壯麗的山岳了。

004

どころか

➡ ｛名詞；形容動詞詞幹な；［形容詞・動詞］普通形｝＋どころか

意思❶ **【程度的比較】** 表示從根本上推翻前項，並且在後項提出跟前項程度相差很遠，表示程度不止是這樣，而是程度更深的後項。中文意思是：「哪裡還…、非但…、簡直…」。如例：

1 学費どころか、毎月の家賃も苦労して払っている。

別說學費了，就連每個月的房租都得費盡辛苦才能付得出來。

STEP 2 文法學習

2 漫画は、子供どころか大人にも読まれている。｜漫畫並不僅僅是兒童讀物，連大人也同樣樂在其中。

◉ **比較：**ばかりでなく〔不僅…而且…〕

「どころか」表程度的比較，表示「並不是如此，而是…」後項是跟預料相反的、令人驚訝的內容；「ばかりでなく」表非限定，表示「本來光前項就夠了，可是還有後項」，含有前項跟後項都是事實的意思，強調後項的意思。好壞事都可以用。

意思❷ **【反預料】** 表示事實結果與預想內容相反，強調這種反差。中文意思是：「哪裡是…相反…」。如例：

3 雪は止むどころか、ますます降り積もる一方だ。

雪非但沒歇，還愈積愈深了。

4 進級はしたが、頑張って学校にいくどころか、まだ1日も行っていない。｜雖然升上一個年級，但別説努力讀書了，根本連一天都沒去上學！

005

● て(で)かなわない

➡ {形容詞く形}＋てかなわない；{形容動詞詞幹}＋でかなわない

意思❶ **【強調】** 表示情況令人感到困擾或無法忍受。敬體用「てかなわないです」、「てかないません」。中文意思是：「…得受不了、…死了」。如例：

1 今年の夏は暑くてかなわないので、外に出たくない。｜今年夏天簡直熱死人了，根本不想踏出家門一步。

2 田舎の生活は、退屈でかなわない。｜住在鄉村的日子實在無聊得要命。

3 蚊に刺されて、痒くてかなわない。
被蚊子咬出腫包，快癢死我啦！

4 あの人はいつもうるさくてかなわない。
那個人總是嘮嘮叨叨的，真讓人受不了！

◉ **比較：**<u>てたまらない</u>〔…可受不了…〕

「て（で）かなわない」表強調，表示情況令人感到困擾、負擔過大，而無法忍受；「てたまらない」表感情，前接表示感覺、感情的詞，表示説話人的感情、感覺十分強烈，難以抑制。

補充 ▸▸▸〖**かなう的否定形**〗「かなわない」是「かなう」的否定形，意思相當於「がまんできない」和「やりきれない」。

006

てこそ

➡ {動詞て形}＋こそ

意思❶ **【強調】** 由接續助詞「て」後接提示強調助詞「こそ」表示由於實現了前項，從而得出後項好的結果。「てこそ」後項一般接表示褒意或可能的內容。是強調正是這個理由的説法。後項是説話人的判斷。中文意思是：「只有…才（能）、正因為…才…」。如例：

1 留学できたのは、両親の協力があってこそです。
多虧爸媽出資贊助，我才得以出國讀書。

2 この問題はみんなで話し合ってこそ意味がある。
這項議題必須眾人一同談出結論才有意義。

3 日々努力をしてこそ、将来の成功がある。

唯有日復一日努力，方能於未來獲致成功。

4 自分で働いてこそ、お金のありがたみがわかる。

只有親自工作掙錢，才能體會到金錢的得來不易。

◉ **比較：**ばこそ〔正因為…才…〕

「てこそ」表強調，表示由於實現了前項，才得到後項的好結果；「ばこそ」表原因，強調正因為是前項，而不是別的原因，才有後項的事態。說話人態度積極，一般用在正面評價上。

007

Track-056

て(で)しかたがない、て(で)しょうがない、て(で)しようがない

類義表現

てたまらない

非常…

➡ {形容動詞詞幹；形容詞て形；動詞て形}＋て（で）しかたがない、て（で）しょうがない、て（で）しようがない

意思❶ **【強調心情】** 表示心情或身體，處於難以抑制，不能忍受的狀態，為口語表現。其中「て（で）しょうがない」使用頻率最高。中文意思是：「…得不得了」。形容詞、動詞用「て」接續，形容動詞用「で」接續。如例：

1 一人暮らしは、寂しくてしょうがない。

獨自一人的生活分外空虛寂寞。

2 今日は社長から呼ばれている。なんの話か気になってしようがない。

今天被總經理約談，很想快點知道找我過去到底要談什麼事。

◉ **比較：**てたまらない〔非常…〕

「てしょうがない」表強調心情，表示身體的某種感覺非常強烈，或是情緒到了一種無法抑制的地步，為一種持續性的感覺；「てたまらない」表感情，表示某種身體感覺或情緒十分強烈，特別是用在生理方面，強調當下的感覺。

補充 ››› 〔發音差異〕請注意「て（で）しようがない」與「て（で）しょうがない」意思相同，發音不同。如例：

3 2年ぶりに帰国するので、嬉しくてしようがない。
睽違兩年即將回到家鄉，令我無比雀躍。

4 最近忙しくてあまり寝ていないので、眠くてしょうがない。
最近忙得幾乎沒時間闔眼休息，實在睏得要命。

008

てまで、までして

意思❶ **【強調輕重】**｛動詞て形｝＋まで、までして。前接動詞時，用「てまで」，表示為達到某種目的，而以極大的犧牲為代價。中文意思是：「到…的地步、甚至…、不惜…」。如例：

1 あのラーメン屋はとても人気があって、客は長い時間並んでまで食べたがる。
那家拉麵店名氣很大，顧客不惜大排長龍也非吃到不可。

2 自然を壊してまで、便利な世の中が必要なのか。
人類真的有必要為了增進生活的便利而破壞大自然嗎？

3 会社のお金を使ってまで、恋人にプレゼントしていたのか。
你居然為了送情人禮物而大膽盜用公司的錢？

◉ **比較：**さえ〔甚至連…〕

「てまで」表強調輕重，前接一個極端事例，表示為達目的，付出極大的代價，後項對前項陳述，帶有否定的看法跟疑問；「さえ」也表強調輕重，舉出一個程度低的極端事列，表示連這個都這樣了，別的事物就更不用提了。後項多為否定的內容。

STEP 2 文法學習

補充 ▸▸▸〘**指責**〙{名詞}＋までして。表示為了達到某種目的，採取令人震驚的極端行為，或是做出相當大的犧牲。中文意思是：「不惜…來」。如例：

4 借金までして、自分の欲しい物を買おうとは思わない。｜我不願意為了買想要的東西而去借錢。

009

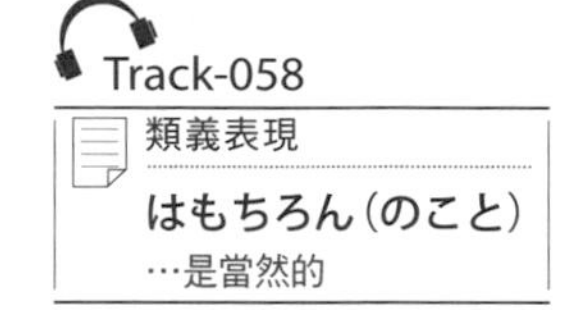

● もどうぜんだ

➡ {名詞；動詞普通形}＋も同然だ

意思❶ 【**相同**】表示前項和後項是一樣的，有時帶有嘲諷或是不滿的語感。中文意思是：「…沒兩樣、就像是…」。如例：

1 生まれた時から一緒に暮らしている姪は私の娘も同然だ。｜姪女從出生後一直和我住在一起，幾乎就和親女兒沒兩樣。

2 母からもらった大事な服を、夫はただも同然の値段で売ってしまった。｜丈夫居然把家母給我的珍貴衣服賤價賣掉了！

3 今夜、薬を飲めば治ったも同然です。
今晚只要吃了藥，就會恢復了。

4 勝手に人のものを使うなんて、泥棒も同然だ。｜擅自使用他人的物品，這種行為無異於竊盜！

◉ **比較**：はもちろん（のこと）〔…是當然的〕

「もどうぜんだ」表相同，表示前項跟後項是一樣的；「はもちろん」表附加，前項舉出一個比較具代表性的事物，後項再舉出同一類的其他事物。後項是強調不僅如此的新信息。

文法知多少？

☞ 請完成以下題目，從選項中，選出正確答案，並完成句子。

▼ 答案詳見右下角

1 今日(きょう)は大雨(おおあめ)だけれど、台風(たいふう)が来(こ)ない（　　）。

1．だけましだ　　2．ばかりだ

2 実力(じつりょく)がない人(ひと)（　　）、自慢(じまん)したがるものだ。

1．ほど　　2．に従(したが)って

3 給食(きゅうしょく)はうまい（　　）、まるで豚(ぶた)の餌(えさ)だ。

1．ことから　　2．どころか

4 お互(たが)いに助(たす)け合(あ)っ（　　）、本当(ほんとう)の夫婦(ふうふ)と言(い)える。

1．てこそ　　2．てまで

5 お腹(なか)が空(す)いて（　　）。

1．もかまわず　　2．しょうがない

6 不正(ふせい)をし（　　）、勝(か)ちたいとは思(おも)わない。

1．ないかぎり　　2．てまで

答案：(1) 1　(2) 1　(3) 2　(4) 1　(5) 2　(6) 2

問題1　つぎの文の（　　　）に入れるのに最もよいものを、1・2・3・4から一つえらびなさい。

1　勉強している（　　　）、友達が遊びに来た。

1　どころではない　　2　というはずではない
3　ほどのことではない　　4　ところに

2　彼は教師である（　　　）、すぐれた研究者でもある。

1　とのことで　　2　どころか
3　といっしょに　　4　とともに

3　こんなに暑い日は家でじっとしている（　　　）。

1　よりほかない　　2　だけましだ
3　いっぽうだ　　4　かのようだ

4　調子も良いし、相手も強くないから、彼女が勝つ（　　　）。

1　に過ぎない　　2　ことになっている
3　ほどだ　　4　に相違ない

5　景気の回復（　　　）会社の売り上げも伸びてきた。

1　にもとづいて　　2　にこたえて
3　にともなって　　4　してこそ

6　ふるさとの母のことが気になりながら、（　　　）。

1　たまに電話をしている　　2　心配でしかたがない
3　もう3年帰っていない　　4　来月帰る予定だ

▼ 翻譯與詳解請見 P.189

観点、前提、根拠、基準

Lesson 07

觀點、前提、根據、基準

▼ STEP 1_ 文法速記心智圖

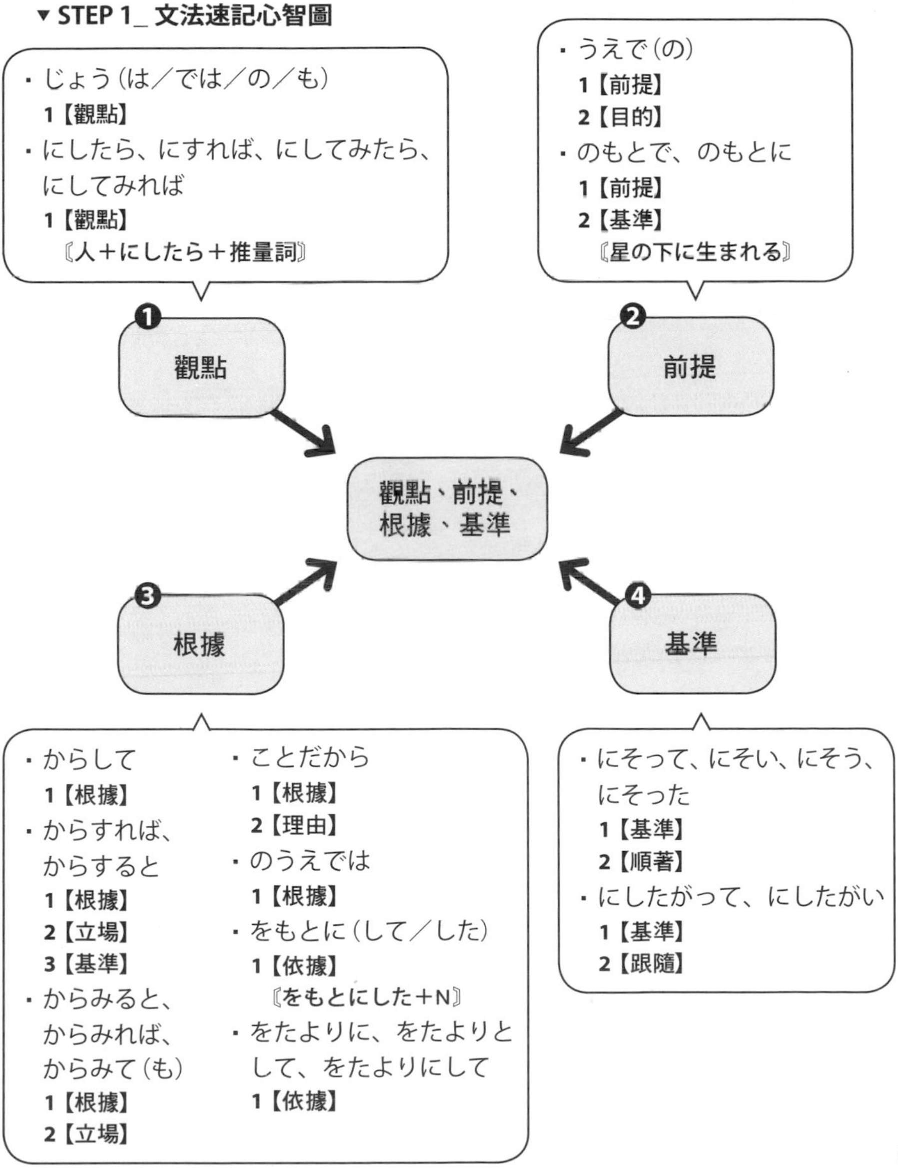

❶ 觀點

・じょう（は／では／の／も）
1【觀點】
・にしたら、にすれば、にしてみたら、にしてみれば
1【觀點】
〖人＋にしたら＋推量詞〗

❷ 前提

・うえで（の）
1【前提】
2【目的】
・のもとで、のもとに
1【前提】
2【基準】
〖星の下に生まれる〗

❸ 根據

・からして
1【根據】
・からすれば、からすると
1【根據】
2【立場】
3【基準】
・からみると、からみれば、からみて（も）
1【根據】
2【立場】
・ことだから
1【根據】
2【理由】
・のうえでは
1【根據】
・をもとに（して／した）
1【依據】
〖をもとにした＋N〗
・をたよりに、をたよりとして、をたよりにして
1【依據】

❹ 基準

・にそって、にそい、にそう、にそった
1【基準】
2【順著】
・にしたがって、にしたがい
1【基準】
2【跟隨】

觀點、前提、根據、基準

STEP 2 文法學習

001

じょう（は／では／の／も）

➡ {名詞}＋上（は／では／の／も）

意思❶ **【觀點】** 表示就此觀點而言，就某範圍來説。「じょう」前面直接接名詞，如「立場上、仕事上、ルール上、教育上、歴史上、法律上、健康上」等。中文意思是：「從…來看、出於…、鑑於…上」。如例：

1 彼（かれ）らは法律上（ほうりつじょう）では、まだ夫婦（ふうふ）だ。
就法律觀點而言，他們仍屬於夫妻關係。

2 この機械（きかい）は、理論上（りろんじょう）は問題（もんだい）なく動（うご）くはずだが、使（つか）いにくい。
理論上這部機器沒有任何問題，應該可以正常運作，然而使用起來卻很不順手。

3 この文（ぶん）は、文法上（ぶんぽうじょう）は正（ただ）しいですが、少（すこ）し不自然（ふしぜん）です。
這個句子雖然文法正確，但是敘述方式不太自然。

4 信号無視（しんごうむし）は法律上（ほうりつじょう）では２万円（まんえん）の罰金（ばっきん）だが、守（まも）らない人（ひと）も多（おお）い。
根據法律規定，闖紅燈將處以兩萬圓罰鍰，卻仍有很多人不遵守這項交通規則。

◉ **比較：** うえで〔在…基礎上〕

「じょう」表觀點，前接名詞，表示就某範圍來説；「うえで」表前提，表示「首先，做好某事之後，再…」、「在做好…的基礎上」之意。

002

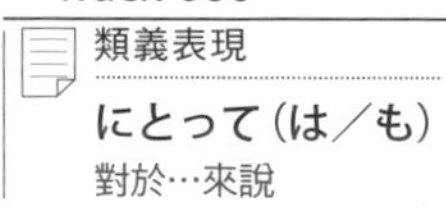

にしたら、にすれば、にしてみたら、にしてみれば

➡ {名詞}＋にしたら、にすれば、にしてみたら、にしてみれば

意思❶ 【觀點】 前面接人物，表示站在這個人物的立場來對後面的事物提出觀點、評判、感受。中文意思是：「對…來說、對…而言」。如例：

1 お酒を飲まない人にすれば、忘年会は楽しみではない。
對不喝酒的人來說，參加日本的尾牙是樁苦差事。

2 娘の結婚は嬉しいことだが、父親にしてみれば複雑な気持ちだ。
身為一位父親，看著女兒即將步入禮堂，可謂喜憂參半。

◉ 比較：にとって(は／も)〔對於…來說〕

「にしたら」表觀點，表示從說話人的角度，或站在別人的立場，對某件事情提出觀點、評判、推測；「にとって」表立場，表示從說話人的角度，或站在別人的立場或觀點上考慮的話，會有什麼樣的感受之意。

補充 ››› 〖人＋にしたら＋推量詞〗 前項一般接表示人的名詞，後項常接「可能、大概」等推量詞。如例：

3 経理の和田さんにしたら、できるだけ経費をおさえたいだろう。
就會計的和田先生而言，當然希望盡量減少支出。

4 若い世代にしたら、高齢者の寂しさは想像もできないだろう。
從年輕世代的角度看來，恐怕很難想像年長者的寂寞吧。

003

● うえで(の)

意思❶ 【前提】 {名詞の；動詞た形}＋上で（の）。表示兩動作間時間上的先後關係。先進行前一動作，後面再根據前面的結果，採取下一個動作。中文意思是：「在…之後、…以後…、之後（再）…」。如例：

07 STEP 2 文法學習

1 家族と相談した上で、お返事します。

我和家人商量之後再答覆您。

2 この薬は説明書をよく読んだ上で、お飲みください。

這種藥請先詳閱藥品仿單之後，再服用。

◉ **比較：** のすえに〔最後…〕

「うえで」表前提，表示先確實做好前項，以此為條件，才能再進行後項的動作；「のすえに」表結果，強調「花了很長的時間，有了最後的結果」，暗示在過程中「遇到了各種困難，各種錯誤的嘗試」等。

意思❷ **【目的】**{名詞の；動詞辭書形}＋上で（の）。表示做某事是為了達到某種目的，用在敘述這一過程中會出現的問題或注意點。中文意思是：「在…時、情況下、方面」。如例：

3 日本語能力試験は就職する上で必要な資格だ。

日語能力測驗的成績是求職時的必備條件。

4 オリンピックを成功させる上で、国民の協力が必要です。

唯有全體國民通力合作的情況下，方能成功舉辦奧運盛會。

004

Track-062

のもとで、のもとに

類義表現
をもとに
以…為依據

➔ {名詞}＋のもとで、のもとに

意思❶ **【前提】** 表示在受到某影響的範圍內，而有後項的情況。中文意思是：「在…之下」。如例：

1 青空のもとで、子供達が元気に走りまわっています。

在藍天之下，一群活潑的孩子正在恣意奔跑。

2 東京を離れて、大自然のもとで子供を育てたい。

我們希望遠離東京的塵囂，讓孩子在大自然的懷抱中成長。

◉ **比較：**をもとに〔以…為依據〕

「のもとで」表前提，表示在受到某影響的範圍內，而有後項的情況；「をもとに」表根據，表示以前項為參考來做後項的動作。

意思❷ **【基準】** 表示在某人事物的影響範圍下，或在某條件的制約下做某事。中文意思是：「在…之下」。如例：

3 恩師のもとで研究者として仕事をしたい。

我希望繼續在恩師的門下從事研究工作。

補充 ››› **〘星の下に生まれる〙**「星の下に生まれる」是「命該如此」、「命中註定」的意思。如例：

4 お金もあってハンサムで頭もいい永瀬君は、きっといい星の下で生まれたんだね。

聰明英俊又多金的永瀬同學，想必是含著金湯匙出生的吧！

005

からして

➔ {名詞}＋からして

意思❶ **【根據】** 表示判斷的依據。舉出一個最微小的、最基本的、最不可能的例子，接下來對其進行整體的評判。後面多是消極、不利的評價。中文意思是：「從…來看…、單從…來看」。如例：

1 面接の話し方からして、鈴木さんは気が弱そうだ。

單從面試時的談吐表現來看，鈴木小姐似乎有些內向。

2 このスープは色からして、とても辛そうだ。

這道湯從顏色上看起來好像非常辣。

3 この店は遅刻をする人が多いね。店長からして毎日遅刻だ。

這家店遲到的店員真多呀！不說別的，連店長本身都天天遲到。

4 このホテルは玄関からして汚いので、きっとサービスも悪いだろう。

這家旅館單看玄關就很髒，想必服務也很差吧。

◉ **比較：からといって**〔雖說是因為…〕

「からして」表根據，表示從前項來推測出後項；「からといって」表原因，表示「即使有某理由或情況，也無法做出正確判斷」的意思。對於「因為前項所以後項」的簡單推論或行為持否定的意見，用在對對方的批評或意見上。後項多為否定的表現。

006

からすれば、からすると

➔ {[名詞・形容動詞詞幹]だ；[形容詞・動詞]普通形}＋からすれば、からすると

意思❶ **【根據】** 表示判斷的基礎、根據。中文意思是：「根據…來考慮」。如例：

1 症状からすると、手術が必要かもしれません。

從症狀判斷，或許必須開刀治療。

2 あの車は形からすると、30年前の車だろう。

那輛車從外型看來，應該是三十年前的車款吧。

◉ **比較：によれば**〔根據…〕

「からすれば」表根據，表示判斷的依據，後項的判斷是根據前項的材料；「によれば」表信息來源，用在傳聞的句子中，表示消息、信息的來源，或推測的依據。有時可以與「によると」互換。

意思❷ **【立場】** 表示判斷的立場、觀點。中文意思是：「從…立場來看、就…而言」。如例：

3 私からすれば、日本語の発音は決して難しくない。

對我而言，日語發音並不算難。

4 今の実力からすれば、きっと勝てるでしょう。 | 就目前的實力而言，一定可以取得勝利！

意思❸【基準】表示比較的基準。中文意思是：「按…標準來看」。如例：

5 江戸時代の絵からすると、この絵はかなり高価だ。 | 按江戶時代畫的標準來看，這幅畫是相當昂貴的。

007

●からみると、からみれば、からみて（も）

➡ {名詞}＋から見ると、から見れば、から見て（も）

意思❶【根據】表示判斷的依據、基礎。中文意思是：「根據…來看…的話」。如例：

1 今日の夜空から見ると、明日も天気がいいだろうな。 | 從今晚的天空看來，明日應該是好天氣。

2 部屋の状態から見ると、犯人は窓から入ったのだろう。

從房間的狀態判斷，犯人應該是從窗戶入侵的。

意思❷【立場】表示判斷的立場、角度，也就是「從某一立場來判斷的話」之意。中文意思是：「從…來看、從…來說」。如例：

3 外国人から見ると日本の習慣の中にはおかしいものもある。	在外國人的眼裡，日本的某些風俗習慣很奇特。
4 子供のころから見ると、世の中便利になったものだ。	和我小時候比較，生活變得相當便利了。

◉ **比較：**<u>によると</u>〔根據…〕

「からみると」表立場，表示從前項客觀的材料（某一立場、觀點），來進行後項的判斷，而且一般這一判斷的根據是親眼看到，可以確認的。可以接在表示人物的名詞後面；「によると」表信息來源，表示前項是後項的消息、根據的來源。句末大多跟表示傳聞「そうだ／とのことだ」的表達形式相呼應。

008

ことだから

➡ {名詞の}＋ことだから

意思❶ **【根據】** 表示自己判斷的依據。主要接表示人物的詞後面，前項是根據説話雙方都熟知的人物的性格、行為習慣等，做出後項相應的判斷。中文意思是：「因為是…，所以…」。如例：

1 あの人のことだから、今もきっと元気に暮らしているでしょう。	憑他的本事，想必現在一定過得很好吧！
2 日本語の上手な彼のことだから、どこでもたくさんの友達ができるはずだ。	憑他一口流利的日語，不管到哪裡應該都能交到很多朋友。

意思❷ **【理由】** 表示理由，由於前項狀況、事態，後項也做與其對應的行為。中文意思是：「由於」。如例：

3 今年は景気が悪かったことだから、給料は上がらないことになった。

今年因為景氣很差，所以公司決定不加薪了。

4 取引が始まったことだから、ミスをしないように全員が注意すること。

由於交易時間已經開始了，提醒全體職員繃緊神經，千萬不得發生任何失誤！

◉ **比較：**<u>ものだから</u>〔因為…〕

「ことだから」表理由，表示根據前項的情況，從而做出後項相應的動作；「ものだから」表理由，是把前項當理由，說明自己為什麼做了後項，常用在個人的辯解、解釋，把自己的行為正當化上。後句不用命令、意志等表達方式。

009

のうえでは

Track-067

➡ {名詞}＋の上では

意思❶【**根據**】表示「在某方面上是…」。中文意思是：「…上」。如例：

1 データの上では会社の業績が伸びているけど、実感はない。

雖然從報表上可以看出業績持續成長，但實際狀況卻讓人無感。

2 暦の上では春なのに、外は雪が降っている。

從節氣而言已經入春了，然而窗外卻仍在下著雪。

3 会社には行っていないが、契約の上では社員のままだ。

雖然沒去公司上班，但在合約上仍然屬在職員之列。

4 計算の上では黒字なのに、なぜか現実は毎月赤字だ。

就帳目而言應有結餘，奇怪的是實際上每個月都是入不敷出。

◉ **比較：**<u>うえで</u>〔在…之後…〕

「のうえでは」表根據，前面接數據、契約等相關詞語，表示「根據這一信息來看」的意思；「うえで」表前提，表示「首先，做好某事之後，再…」，表達在前項成立的基礎上，才會有後項，也就是「前項→後項」兩動作時間上的先後順序。

STEP 2 文法學習

Track-068

010

● をもとに（して／した）

➡ {名詞}＋をもとに（して）

意思❶ **【依據】** 表示將某事物作為後項的依據、材料或基礎等，後項的行為、動作是根據或參考前項來進行的。中文意思是：「以…為根據、以…為參考、在…基礎上」。如例：

1 今(いま)までの経験(けいけん)をもとに、スピーチをしてください。｜請在這場演說中讓我們借鏡您的人生經驗。

2 テストの結果(けっか)をもとに、来月(らいげつ)のクラスを決(き)めます。｜將以測驗的結果做為下個月的分班依據。

3 この映画(えいが)は小説(しょうせつ)をもとにして作品化(さくひんか)された。

這部電影是根據小說改編而成的作品。

◉ **比較：** にもとづいて〔基於…〕

「をもとにして」表依據，表示以前項為依據，離開前項來自行發展後項的動作；「にもとづいて」表基準，表示基於前項，在不離前項的原則下，進行後項的動作。

補充 ▸▸▸ **〘をもとにした＋N〙** 用「をもとにした」來後接名詞，或作述語來使用。如例：

4 お客様(きゃくさま)のアンケートをもとにしたメニューを作(つく)りましょう。｜我們參考顧客的問卷填答內容來設計菜單吧！

011

● をたよりに、をたよりとして、をたよりにして

➡ {名詞}＋を頼りに、を頼りとして、を頼りにして

意思❶【依據】表示藉由某人事物的幫助，或是以某事物為依據，進行後面的動作。中文意思是：「靠著…、憑藉…」。如例：

1 海外旅行ではガイドブックを頼りに、観光地をまわった。
出國旅行時靠著觀光指南遍覽了各地名勝。

2 田中君のこと、社長はとても頼りにしているらしいよ。
總經理似乎非常倚重田中喔！

3 昔の人は月の明かりを頼りに勉強していた。
古人憑藉月光展冊苦讀。

4 目が見えない彼女は、頭のいい犬を頼りにして生活している。
眼睛看不見的她仰賴一隻聰明的導盲犬過生活。

◉ **比較：**によって〔由於…〕

「をたよりに」表依據，表藉由某人事物的幫助，或是以某事物為依據，進行後面的動作；「によって」表依據，表示所依據的方法、方式、手段。

012

● にそって、にそい、にそう、にそった

➡ {名詞}＋に沿って、に沿い、に沿う、に沿った

意思❶【基準】表示按照某程序、方針，也就是前項提出一個基準性的想法或計畫，表示為了不違背、為了符合的意思。中文意思是：「按照…」。如例：

STEP 2 文法學習

1 園児（えんじ）の発表会（はっぴょうかい）はプログラムに沿（そ）い、順番（じゅんばん）に進（すす）められた。

幼兒園生的成果發表會按照節目表順序進行了。

2 私（わたし）の希望（きぼう）に沿（そ）ったバイト先（さき）がなかなか見（み）つからない。

遲遲沒能找到與我的條件吻合的兼職工作。

◉ **比較：**<u>をめぐって</u>〔圍繞著…〕

「にそって」表基準，多接在表期待、希望、方針、使用說明等語詞後面，表示按此行動；「をめぐって」表對象，多接在規定、條件、問題、焦點等詞後面，表示圍繞前項發生了各種討論、爭議、對立等。後項大多用意見對立、各種議論、爭議等動詞。

意思❷ **【順著】** 接在河川或道路等長長延續的東西後，表示沿著河流、街道。中文意思是：「沿著…、順著…」。如例：

3 道（みち）に沿（そ）って、桜並木（さくらなみき）が続（つづ）いている。

櫻樹夾道，綿延不絕。

4 川岸（かわぎし）に沿（そ）って、ファミリーマラソン大会（たいかい）が行（おこな）われた。

舉辦了沿著河岸步道賽跑的家庭馬拉松大賽。

013

Track-071

にしたがって、にしたがい

類義表現
ほど
越是…就…

➡ {名詞；動詞辭書形}＋にしたがって、にしたがい

意思❶ **【基準】** 前面接表示人、規則、指示、根據、基準等的名詞，表示按照、依照的意思。後項一般是陳述對方的指示、忠告或自己的意志。中文意思是：「依照…、按照…、隨著…」。如例：

1 上司の指示にしたがい、計画書を変更してください。
請遵照主管的指示更改計畫書。

意思❷【跟隨】表示跟前項的變化相呼應，而發生後項。中文意思是：「隨著…，逐漸…」。如例：

2 子供が成長するにしたがって、食費が増えた。
隨著孩子的成長，伙食費也跟著增加了。

3 時間がたつにしたがって、別れた恋人を思い出さなくなってきた。
時間一久，也漸漸淡忘了分手的情人。

4 日本の生活に慣れるにしたがって、日本の習慣がわかるようになった。
在逐漸適應日本的生活後，也愈來愈了解日本的風俗習慣了。

◉ **比較：ほど**〔越是…就…〕

「にしたがって」表跟隨，表示隨著前項的動作或作用，而產生變化；「ほど」表程度，表示隨著前項程度的提高，後項的程度也跟著提高。是「ば～ほど」的省略「ば」的形式。

文法知多少？

☞ 請完成以下題目，從選項中，選出正確答案，並完成句子。

▼ 答案詳見右下角

1 彼女は、厳しい父母（　　）育った。

1．をもとに　　2．のもとで

2 彼は、アクセント（　　）、東北出身だろう。

1．からといって　　2．からして

3 あの人の成績（　　）、大学合格はとても無理だろう。

1．によれば　　2．からすれば

4 営業の成績（　　）、彼はとても優秀なセールスマンだ。

1．から見ると　　2．によると

5 数字（　　）同じ1敗だが、同じ負けでも内容は大きく異なる。

1．の上で　　2．の上では

6 説明書の手順（　　）、操作する。

1．に沿って　　2．をめぐって

答案：(1) 2　(2) 2　(3) 2　(4) 1
(5) 2　(6) 1

問題1　つぎの文の（　　　）に入れるのに最もよいものを、1・2・3・4から一つえらびなさい。

1　日本酒は、米（　　　）造られているのを知っていますか。

1　から　　2　で　　3　によって　　4　をもとに

2　本日の説明会は、こちらのスケジュール（　　　）行います。

1　に沿って　　2　に向けて　　3　に応じて　　4　につれて

3　気温の変化（　　　）、電気の消費量も大きく変わる。

1　に基づいて　　2　にしたがって

3　にかかわらず　　4　に応じて

4　厳しい環境（　　　）、人はよりたくましくなるものです。

1　に加えて　　2　にしろ　　3　ぬきでは　　4　のもとで

問題2　つぎの文の＿★＿に入る最もよいものを、1・2・3・4から一つえらびなさい。

5　退職は、＿＿＿　＿＿＿　＿★＿　＿＿＿　ことです。

1　上で　　2　考えた　　3　よく　　4　決めた

6　収入も不安定なようだし、＿＿＿　＿＿＿　＿★＿　＿＿＿　、うちの娘を結婚させるわけにはいかないよ。

1　からして　　2　君と

3　学生のような　　4　服装

▼ 翻譯與詳解請見 P.190

Lesson 08

意志、義務、禁止、忠告、強制

意志、義務、禁止、忠告、強制

▼ STEP 1_ 文法速記心智圖

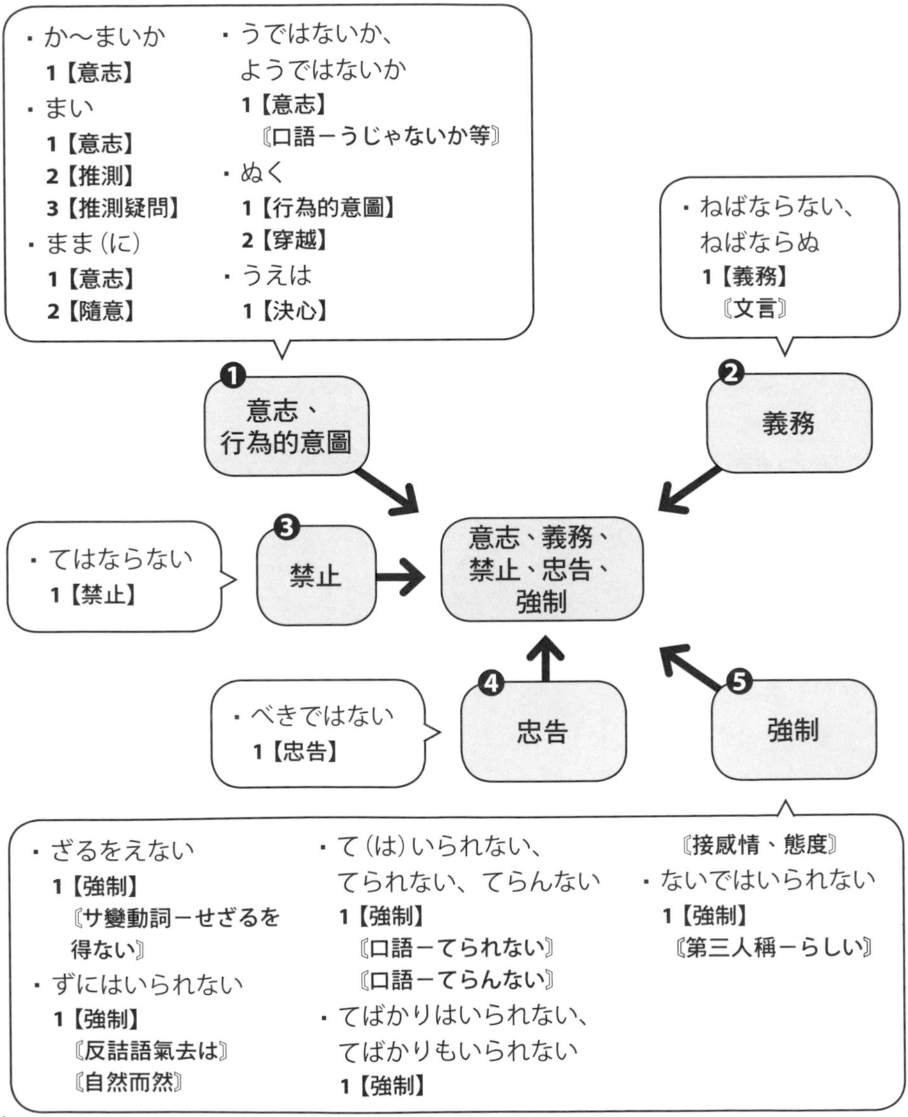

- か～まいか
  1【意志】
- まい
  1【意志】
  2【推測】
  3【推測疑問】
- まま（に）
  1【意志】
  2【隨意】
- うではないか、ようではないか
  1【意志】
  〔口語－うじゃないか等〕
- ぬく
  1【行為的意圖】
  2【穿越】
- うえは
  1【決心】

❶ 意志、行為的意圖

- ねばならない、ねばならぬ
  1【義務】
  〔文言〕

❷ 義務

- てはならない
  1【禁止】

❸ 禁止

意志、義務、禁止、忠告、強制

- べきではない
  1【忠告】

❹ 忠告

❺ 強制

- ざるをえない
  1【強制】
  〔サ變動詞－せざるを得ない〕
- ずにはいられない
  1【強制】
  〔反詰語氣去は〕
  〔自然而然〕
- て（は）いられない、てられない、てらんない
  1【強制】
  〔口語－てられない〕
  〔口語－てらんない〕
- てばかりはいられない、てばかりもいられない
  1【強制】
  〔接感情、態度〕
- ないではいられない
  1【強制】
  〔第三人稱－らしい〕

STEP 2 文法學習

001

Track-072

類義表現
であろうとなかろうと
不管是不是…

● か～まいか

➔ {動詞意向形} ＋か＋ {動詞辭書形；動詞ます形} ＋まいか

意思❶ **【意志】**表示說話者在迷惘是否要做某件事情，後面可以接「悩む」、「迷う」等動詞。中文意思是：「要不要…、還是…」。如例：

1 パーティーに行こうか行くまいか、考えています。
我還在思考到底要不要出席酒會。

2 ダイエット中なので、このケーキを食べようか食べまいか悩んでいます。
由於正在減重期間，所以在煩惱該不該吃下這塊蛋糕。

3 話そうか話すまいか迷ったが、結局全部話した。
原本猶豫著該不該告訴他，結果還是和盤托出了。

4 N1を受けようか受けまいか、どうしよう。
我到底應不應該參加N1級的測驗呢？

◉ **比較：**であろうとなかろうと〔不管是不是…〕

「か～まいか」表意志，表示說話人很困惑，不知道是否該做某事，或正在思考哪個比較好；「であろうとなかろうと」表示不管前項是這樣，還是不是這樣，後項總之都一樣。

002

Track-073

類義表現
ものか
才不要…

● まい

➔ {動詞辭書形} ＋まい

08 STEP 2 文法學習

意思❶【意志】表示說話人不做某事的意志或決心，是一種強烈的否定意志。主語一定是第一人稱。書面語。中文意思是：「不打算…」。如例：

1 彼とは二度と会うまいと、心に決めた。
我已經下定決心，絕不再和他見面了。

2 時間がかかっても通勤できるなら、今すぐに引っ越しをすることはあるまい。
如果多花一些時間還是可以通勤，我覺得不必趕著馬上搬家。

◉ **比較：**ものか〔才不要…〕

「まい」表意志，表示說話人強烈的否定意志；「ものか」表強調否定，表示說話者帶著感情色彩，強烈的否定語氣，為反詰的追問、責問的用法。

意思❷【推測】表示說話人推測、想像。中文意思是：「不會…吧」。如例：

3 もう４月なので、雪は降るまい。
現在都四月了，大概不會再下雪了。

意思❸【推測疑問】用「まいか」表示說話人的推測疑問。中文意思是：「不是…嗎」。如例：

4 彼女は私との結婚を迷っているのではあるまいか。
莫非她還在猶豫該不該和我結婚？

003

Track-074

類義表現
なり
任憑…

● まま（に）

➡ ｛動詞辭書形；動詞被動形｝＋まま（に）

意思❶【意志】表示沒有自己的主觀判斷，被動的任憑他人擺佈的樣子。後項大多是消極的內容。一般用「られるまま（に）」的形式。中文意思是：「任人擺佈、唯命是從」。如例：

1 先生に言われるままに、進学先を決めた。

按照老師的建議決定了升學的學校。

2 彼は社長に命令されるままに、土日も出勤している。

他遵循總經理的命令，週六日照樣上班。

◉ **比較：なり**〔任憑…〕

「まま（に）」表意志，表示處在被動的立場，自己沒有主觀的判斷。後項多是消極的表現方式；「なり」也表意志，表示不違背、順從前項的意思。

意思❷ **【隨意】** 表示順其自然、隨心所欲的樣子。中文意思是：「隨意、隨心所欲」。如例：

3 思いつくまま、詩を書いてみた。

嘗試將心頭浮現的意象寫成了一首詩。

4 仕事を辞めたら、足の向くまま気の向くままに世界中を旅したい。

等辭去工作之後，我想隨心所欲到世界各地旅行。

004

うではないか、ようではないか

➡ {動詞意向形}＋うではないか、ようではないか

意思❶ **【意志】** 表示在眾人面前，強烈的提出自己的論點或主張，或號召對方跟自己共同做某事，或是一種委婉的命令，常用在演講上。是稍微拘泥於形式的說法，一般為男性使用，通常用在邀請一個人或少數人的時候。中文意思是：「讓…吧、我們（一起）…吧」。如例：

STEP 2 文法學習

1 問題(もんだい)を解決(かいけつ)するために、話(はな)し合(あ)おうではありませんか。
為解決這個問題，我們來談一談吧！

2 自分(じぶん)の将来(しょうらい)のことを、もう一度(いちど)考(かんが)えてみようではないか。
讓我們再一次為自己的未來而思考吧！

◉ **比較：**ませんか〔讓我們…好嗎〕

「うではないか」表意志，是以堅定的語氣（讓對方沒有拒絕的餘地），帶頭提議對方跟自己一起做某事的意思；「ませんか」表勸誘，是有禮貌地（為對方設想的），邀請對方跟自己一起做某事。一般用在對個人或少數人的勸誘上。不跟疑問詞「か」一起使用。

補充 ▸▸▸〘**口語－うじゃないか等**〙口語常說成「うじゃないか、ようじゃないか」。如例：

3 誰(だれ)もやらないのなら、私(わたし)がやろうじゃないか。
如果沒有人願意做，那就交給我來吧！

4 みんなで協力(きょうりょく)して、お祭(まつ)りを成功(せいこう)させようじゃないか。
讓我們一起同心協力，順利完成這場祭典活動吧！

005

ぬく

➡ {動詞ます形}＋抜く

意思❶【**行為的意圖**】表示把必須做的事，最後徹底做到最後，含有經過痛苦而完成的意思。中文意思是：「…做到底」。如例：

1 一度(いちど)やると決(き)めたからには、何(なに)があっても最後(さいご)までやり抜(ぬ)きます。
既然已經下定決心要做了，途中無論遭遇什麼樣的困難都必須貫徹到底！

2 外国人が日本のストレス社会で生き抜くのは、簡単なことではない。
外國人要想完全適應日本這種高壓社會，並不是件容易的事。

3 遠泳大会で5キロを泳ぎ抜いた。
在長泳大賽中游完了五公里的賽程。

◉ **比較：きる**〔完全，到最後〕

「ぬく」表行為意圖，表示跨越重重困難，堅持一件事到底；「きる」表完了，表示沒有殘留部分，完全徹底執行某事的樣子。過程中沒有含痛苦跟困難。而「ぬく」表示即使困難，也要努力從困境走出來的意思。

意思❷【穿越】表示超過、穿越的意思。中文意思是：「穿越、超越」。如例：

4 小さい部屋がたくさんあり、使いにくいので、壁をぶち抜いて大広間にした。
室內隔成好幾個小房間不方便使用，於是把隔間牆打掉，合併成為一個大客廳。

006

うえは

➔ {動詞普通形}＋上は

意思❶【決心】前接表示某種決心、責任等行為的詞，後續表示必須採取跟前面相對應的動作。後句是說話人的判斷、決定或勸告。有接續助詞作用。中文意思是：「既然…、既然…就…」。如例：

1 リーダーに選ばれた上は、頑張ります。
既然被選拔為隊長，必定全力以赴！

2 禁煙する上は、家にある煙草は全部捨てよう。
既然戒菸了，擺在家裡的那些香菸就統統扔了吧！

STEP 2 文法學習

3 約束(やくそく)した上(うえ)は、その通(とお)りにやらなくてはならない。｜既然答應了，就得遵照約定去做才行。

4 契約書(けいやくしょ)にサインをした上(うえ)は、規則(きそく)を守(まも)っていただきます。

既然簽了合約，就請依照相關條文執行。

◉ **比較：** うえに〔不僅…，而且…〕

「うえは」表決心，含有「由於遇到某種立場跟狀況，所以當然要有後項被逼迫或不得已等舉動」之意；「うえに」表附加，表示追加、補充同類的內容，先舉一個事例之後，再進一步舉出另一個事例。

007

ねばならない、ねばならぬ

➔ {動詞否定形}＋ねばならない、ねばならぬ

意思❶ **【義務】** 表示有責任或義務應該要做某件事情，大多用在隨著社會道德或責任感的場合。中文意思是：「必須…、不能不…」。如例：

1 午前中(ごぜんちゅう)には、出発(しゅっぱつ)せねばならない。｜非得趕在上午出發才來得及。

2 あなたの態度(たいど)は誤解(ごかい)をされやすいので、改(あらた)めねばならないよ。｜你的態度容易造成別人誤會，要改過來才行喔！

◉ **比較：** ざるをえない〔不得不…〕

「ねばならない」表義務，表示從社會常識和事情的性質來看，有必要做或有義務要做。是「なければならない」的書面語；「ざるをえない」表強制，表示除此之外沒有其他的選擇，含有說話人不願意的感情。

補充 ▸▸▸〘文言〙「ねばならぬ」的語感比起「ねばならない」較為生硬、文言。如例：

3 人間は働かねばならぬ。
人活著就得工作。

4 借りた金は返さねばならぬと思い、必死で働いた。
想當年我一心急著償還借款，不分日夜拚了命工作。

008

てはならない

➡ {動詞て形}＋はならない

意思❶ **【禁止】** 為禁止用法。表示有義務或責任，不可以去做某件事情。對象一般非特定的個人，而是作為組織或社會的規則，人們不許或不應該做什麼。敬體用「てはならないです」、「てはなりません」。中文意思是：「不能…、不要…、不許、不應該」。如例：

1 今聞いたことを誰にも話してはなりません。
剛剛聽到的事絕不許告訴任何人！

2 地震の被害を忘れてはならない。
永遠不能遺忘震災帶給我們的教訓。

3 請求書に間違いがあってはならない。
請款單上面的數字絕對不可以寫錯！

4 病院内で携帯電話を使ってはならない。
在醫院裡禁止使用行動電話。

08 STEP 2 文法學習

◉ **比較：**ことはない〔不必…〕

「てはならない」表禁止，表示某行為是不被允許的，或是被某規定所禁止的，和「てはいけない」意思一樣；「ことはない」表不必要，表示說話人勸告、建議對方沒有必要做某事，或不必擔心等。

009

べきではない

➡ {動詞辭書形}＋べきではない

意思❶ **【忠告】**如果動詞是「する」，可以用「すべきではない」或是「するべきではない」。表示忠告，從某種規範（如道德、常識、社會公共理念）來看做或不做某事是人的義務。含有忠告、勸說的意味。中文意思是：「不應該…、不能…」。如例：

1 お金(かね)の貸(か)し借(か)りは絶対(ぜったい)にするべきではない。
絕對不應該與他人有金錢上的借貸。

2 子供(こども)に高(たか)いおもちゃを買(か)い与(あた)えるべきではない。
不應該買昂貴的玩具給小孩子。

3 体調(たいちょう)が悪(わる)いときはお酒(さけ)を飲(の)むべきではない。早(はや)く寝(ね)たほうがいい。
身體狀況不好時不應該喝酒，最好早點上床睡覺。

4 寝(ね)ながらテレビを見(み)るべきではないですよ。
不該邊看電視邊打盹喔。

◉ **比較：**ものではない〔不應該…〕

「べきではない」表禁止，表示說話人提出意見跟想法，認為不能做某事。強調說話人個人的意見跟價值觀；「ものではない」表勸告，表示說話人出於社會上道德或常識的一般論，而給予忠告。強調不是說話人個人的看法。

010

Track-081

類義表現
ずにはいられない
禁不住…

ざるをえない

➡ {動詞否定形（去ない）}＋ざるを得ない

意思❶ **【強制】**「ざる」是「ず」的連體形。「得ない」是「得る」的否定形。表示除此之外，沒有其他的選擇。有時也表示迫於某壓力或情況，而違背良心地做某事。中文意思是：「不得不…、只好…、被迫…、不…也不行」。如例：

1 約束したからには、守らざるを得ない。
既然答應了，就不得不遵守約定。

2 嫌な仕事でも、生活のために続けざるを得ない。
即使是討厭的工作，為了餬口還是只能硬著頭皮繼續上班。

3 消費税が上がったら、うちの商品の値段も上げざるを得ない。
假如消費稅提高，本店的商品價格也得被迫調漲。

◉ **比較：**ずにはいられない〔禁不住…〕

「ざるをえない」表強制，表示因某種原因，說話人雖然不想這樣，但無可奈何去做某事，是非自願的行為；「ずにはいられない」也表強制，但表示靠自己的意志是控制不住的，帶有一種情不自禁地做某事之意。

補充 ▸▸▸ **〘サ變動詞－せざるを得ない〙** 前接サ行變格動詞要用「せざるを得ない」。（但也有例外，譬如前接「愛する」，要用「愛さざるを得ない」）。如例：

4 家族が病気になったら、帰国せざるを得ない。
萬一家人生病的話，也只好回國了。

STEP 2 文法學習

011

●ずにはいられない

➡ {動詞否定形（去ない）}＋ずにはいられない

意思❶【強制】表示自己的意志無法克制，情不自禁地做某事，為書面用語。中文意思是：「不得不…、不由得…、禁不住…」。如例：

1 あの映画(えいが)を見(み)たら、誰(だれ)でも泣(な)かずにはいられません。
看了那部電影，沒有一個觀眾能夠忍住淚水的。

◉ **比較：**よりほかない〔只有…〕

「ずにはいられない」表強制，表示自己無法克制，情不自禁地做某事之意；「よりほかない」表讓步，表示問題處於某種狀態，只有一種辦法，沒有其他解決的方法，有雖然要積極地面對這樣的狀態，但情緒是無奈的。

補充 ▸▸▸〖**反詰語氣去は**〗用於反詰語氣（以問句形式表示肯定或否定），不能插入「は」。如例：

2 また増税(ぞうぜい)するなんて。政府(せいふ)の方針(ほうしん)に疑問(ぎもん)を抱(いだ)かずにいられるか。
居然又要加稅了！政府的施政方針實在不得不令人質疑。

補充 ▸▸▸〖**自然而然**〗表示動作行為者無法控制所呈現自然產生的情感或反應等。如例：

3 おかしくて、笑(わら)わずにはいられない。
真的太滑稽了，讓人不禁捧腹大笑。

4 仕事(しごと)で嫌(いや)なことがあると、飲(の)まずにはいられないよ。
每當在工作上遇到煩心的事，不去喝一杯怎能熬得下去呢！

012

Track-083

て(は)いられない、てられない、てらんない

類義表現
てたまらない
…得不得了

➡ {動詞て形}＋(は)いられない、られない、らんない

意思❶【強制】表示無法維持某個狀態，或急著想做某事，含有緊迫感跟危機感。意思跟「している場合ではない」一樣。中文意思是：「無法、不能再…、哪還能…」。如例：

1 外(そと)は立(た)っていられないほどの強風(きょうふう)が吹(ふ)いている。
門外，幾乎無法站直身軀的強風不停呼嘯。

2 もうすぐ合格発表(ごうかくはっぴょう)だ。とても平常心(へいじょうしん)ではいられない。
馬上就要放榜了，真讓人坐立難安。

◉ 比較：てたまらない〔…得不得了〕

「ていられない」表強制，表迫於某種緊急的情況，致使心情上無法控制，而不能保持原來的某狀態，或急著做某事；「てたまらない」表感情，表示某種感情已經到了無法忍受的地步。這種感情或感覺是當下的。

補充 ▸▸▸〘口語－てられない〙「てられない」為口語説法，是由「ていられない」中的「い」脱落而來的。如例：

3 暑(あつ)いのでコートなんか着(き)てられない。
氣溫高得根本穿不住外套。

補充 ▸▸▸〘口語－てらんない〙「てらんない」則是語氣更隨便的口語説法。如例：

4 さあ今日(きょう)から仕事(しごと)だ。いつまでも寝(ね)てらんない。
快起來，今天開始上班了，別再睡懶覺啦！

STEP 2 文法學習

013

Track-084

類義表現

とばかりはいえない

不能全說…

てばかりはいられない、てばかりもいられない

➡ {動詞て形} ＋ばかりはいられない、ばかりもいられない

意思❶【強制】表示不可以過度、持續性地、經常性地做某件事情。表示因對現狀感到不安、不滿、不能大意，而想做改變。中文意思是：「不能一直…、不能老是…」。如例：

1 体調が少し悪くても進学を考えると、学校を休んでばかりはいられない。

雖然身體有點不舒服，可是面臨升學問題，總不能一直請假不上課。

2 年齢を考えると、夢を追ってばかりはいられない。

想到自己現在的年紀，不容許繼續追逐不切實際的夢想了。

3 料理は苦手だけど、毎日外食してばかりもいられない。

儘管廚藝不佳，也不能老是在外面吃飯。

◉ **比較：**とばかりはいえない〔不能全說…〕

「てばかりはいられない」表強制，表示說話人對現狀的不安、不滿，而想要做出改變；「とばかりはいえない」表部分肯定，表示一般都認為是前項，但說話人認為不能完全肯定都是某狀況，也有例外或另一側面的時候。

補充 ▸▸▸〘**接感情、態度**〙常與表示感情或態度的「笑う、泣く、喜ぶ、嘆く、安心する」等詞一起使用。如例：

4 主人が亡くなって１か月。今後の生活を考えると泣いてばかりはいられない。

先生過世一個月了。我不能老是以淚洗面，得為往後的日子做打算了。

014

ないではいられない

➡ {動詞否定形}＋ないではいられない

意思❶ **【強制】** 表示意志力無法控制，自然而然地內心衝動想做某事。傾向於口語用法。中文意思是：「不能不…、忍不住要…、不禁要…、不…不行、不由自主地…」。如例：

1 階段で、子供連れの母親の荷物を持ってあげないではいられなかった。
在樓梯上看到牽著孩子又帶著大包小包的媽媽，忍不住上前幫忙提東西。

2 母が入院したと聞いて、国に帰らないではいられない。
一聽到家母住院的消息，恨不得馬上飛奔回國！

3 お酒を１週間やめたが、結局飲まないではいられなくなった。
雖然已經戒酒一個星期了，結果還是禁不住破了戒。

◉ **比較：**ざるをえない〔只得…〕

「ないではいられない」表強制，帶有一種忍不住想去做某件事的情緒或衝動；「ざるをえない」也表強制，但表示不得不去做某件事，是深思熟慮後的行為。

補充 ▸▸▸ **〖第三人稱－らしい〗** 此句型用在說話人表達自己的心情或身體感覺時，如果用在第三人稱，句尾就必須加上「らしい、ようだ、のだ」等詞。如例：

4 鈴木さんはあの曲を聞くと、昔の恋人を思い出さないではいられないらしい。
鈴木小姐一聽到那首曲子，不禁就想起前男友。

文法知多少？

☞ 請完成以下題目，從選項中，選出正確答案，並完成句子。

▼ 答案詳見右下角

1 今年(ことし)の冬(ふゆ)は、あまり雪(ゆき)は降(ふ)る（　　）。

1．まい　　　　2．ものか

2 せっかくここまで頑張(がんば)ったのだから、最後(さいご)まで（　　）。

1．やるかのようだ　　　　2．やろうではないか

3 大損(おおぞん)になってしまった。こうなった（　　）首(くび)も覚悟(かくご)している。

1．上(うえ)は　　　　2．上(うえ)に

4 天気(てんき)が悪(わる)いので、今日(きょう)の山登(やまのぼ)りは中止(ちゅうし)にせ（　　）。

1．ずにはいられない　　　　2．ざるを得(え)ない

5 こんな嫌(いや)なことがあった日(ひ)は、酒(さけ)でも飲(の)ま（　　）。

1．ずにはいられない　　　　2．よりほかない

6 骨折(こっせつ)したので、病院(びょういん)へ行(い)か（　　）。

1．ざるを得(え)なかった　　　　2．ないではいられなかった

答案：(1) 1　(2) 2　(3) 1　(4) 2
(5) 1　(6) 1

問題 1　次の文章を読んで、文章全体の内容を考えて、 1 から 5 の中に入る最もよいものを、1・2・3・4 の中から一つ選びなさい。

自転車の事故

最近、自転車の事故が増えている。つい先日も、登校中の中学生の自転車がお年寄りに衝突し、そのお年寄りははね飛ばされて強く頭を打ち、翌日死亡するという事故があった。

自転車は、明治 30 年代に急速に普及すると同時に事故も増えたということだが、現代では自転車の事故が年間 10 万件余りも起きているそうである。

自転車の運転者が最も気をつけなければならないこと。それは、自転車は車の一種である　1　をしっかり頭に入れて運転することだ。車の一種なのだから、原則として車道を走る。「自転車通行可」の標識がある歩道のみ、歩道を走ることができる。

　2　、その場合も、車道側を歩行者に十分気をつけて走らなければならない。また、車道を走る場合は、車道のいちばん左側を走ることと　3　。

最近、「歩車分離式信号」という信号ができた。交差点で、同方向に進む車両と歩行者の信号機を別にする方法である。この信号機で車と歩行者の事故はかなり減ったそうであるが、自転車に乗ったまま渡る人は車の信号に従うということを自転車の運転者と車の運転手の両者が知らないと、今度は、自転車が車の被害にあうといった事故に　4　。

また、最近自転車を見ていてハラハラするのは、イヤホンを付けての運転やケータイ電話を　5　の運転である。これらも交通規則違反なのだが、規則自体が、まだ十分には知られていないのが現状だ。

いずれにしても、自転車の事故が急増している今、行政側が何らかの対策を急ぎ講じる必要があると思われる。

1

1　というもの　　2　とのこと
3　ということ　　4　といったもの

2

1　ただ　　2　そのうえ
3　ところが　　4　したがって

3

1　決めるまい　　2　決まる
3　決めている　　4　決まっている

4

1　なりかねる　　2　なりかねない
3　なりかねている　　4　なりかねなかったのだ

5

1　使われるまま　　2　使ったきり
3　使わずじまい　　4　使いながら

▼ 翻譯與詳解請見 P.192

推論、予測、可能、困難

推論、預料、可能、困難

▼ STEP 1_ 文法速記心智圖

推論、預料、可能、困難

❶ 推論
- のももっともだ、のはもっともだ
  1【推論】
- にそういない
  1【推測】

❷ 預料
- つつ(も)
  1【反預料】
  2【同時】
- とおもうと、とおもったら
  1【反預料】
  2【符合預料】
- くせして
  1【不符意料】

❸ 可能
- かねない
  1【可能】
  〔擔心、不安〕
- そうにない、そうもない
  1【可能性】
- っこない
  1【可能性】
  〔なんて～っこない〕
- うる、える、えない
  1【可能性】
  2【不可能】
  〔× 能力有無〕

❹ 困難
- がたい
  1【困難】
- かねる
  1【困難】
  〔衍生－お待ちかね〕

STEP 2 文法學習

Track-086

001

のももっともだ、のはもっともだ

類義表現
べきだ
應該…

➡ {形容動詞詞幹な；[形容詞・動詞] 普通形} ＋のももっともだ、のはもっともだ

意思❶ **【推論】** 表示依照前述的事情，可以合理地推論出後面的結果，所以這個結果是令人信服的。中文意思是：「也是應該的、也不是沒有道理的」。如例：

1 殺人事件の犯人が市長だったなんて、みんなが驚くのはもっともだ。
凶殺案的真兇居然是市長，這讓大家怎能不瞠目結舌呢？

2 日本語を勉強したことがないの。じゃあ、漢字を知らないのももっともだね。
你從沒學過日文嗎？這樣的話，看不懂漢字也是理所當然的了。

3 この料理が子供に人気がないのはもっともだよ。辛すぎる。
也難怪小朋友對這道菜興趣缺缺，實在太辣了。

4 子供たちが面白くて親切な佐藤先生を好きになるのは、もっともだと思う。
親切又風趣的佐藤老師會受到學童們的喜歡，是再自然不過的事。

◉ **比較：** べきだ〔應該…〕

「のももっともだ」表推論，表示依照前述的事情，可以合理地推論出令人信服的結果；「べきだ」表勸告，表示說話人向他人勸說，做某事是一種必要的義務。

002

にそういない

類義表現
にほかならない
全靠…

➡ {名詞；形容動詞詞幹；[形容詞・動詞] 普通形} ＋に相違ない

意思❶【推測】表示說話人根據經驗或直覺，做出非常肯定的判斷。跟「だろう」相比，確定的程度更強。跟「に違いない」意思相同，只是「に相違ない」比較書面語。中文意思是：「一定是…、肯定是…」。如例：

1 明日も雪が降り続けるに相違ない。 | 明天肯定會繼續下雪！

2 彼の表情からみると、嘘をついているに相違ない。
從他的表情判斷，一定是在說謊！

3 言っていることに相違はありませんか。 | 你敢保證現在說的話絕錯不了嗎？

4 この映画は、原作に相違ない。 | 這部電影百分之百忠於原著。

◉ **比較：**にほかならない〔全靠…〕

「にそういない」表推測，表示說話者自己冷靜、理性的推測，且語氣強烈。是確信度很高的判斷、推測；「にほかならない」表斷言主張，帶有「絕對不是別的，而正是這個」的語氣，強調「除此之外，沒有別的」，多用於對事物的原因、結果的斷定。

003

つつ(も)

➡ {動詞ます形}＋つつ（も）

意思❶【反預料】表示逆接，用於連接兩個相反的事物，大多用在說話人後悔、告白的場合。中文意思是：「明明…、儘管…、雖然…」。如例：

1 悪いと知りつつも、カンニングをしてしまった。 | 明知道這樣做是不對的，還是忍不住作弊了。

2 忙しいと言いつつも、ゲームをしている。 | 儘管嘴裡說忙得要命，卻還是只顧著打電玩。

STEP 2 文法學習

意思❷【同時】表示同一主體，在進行某一動作的同時，也進行另一個動作，這時只用「つつ」，不用「つつも」。中文意思是：「一邊…一邊…」。如例：

3 卒業後のことは両親と相談しつつ、決めたいと思う。

關於畢業後的人生規劃，我打算和父母商量後再決定。

4 昨晩友人と酒を飲みつつ、夢について語り合った。

昨晚和朋友一面舉杯對酌，一面暢談抱負。

◉ **比較：ととも に**〔…的同時…〕

「つつ」表同時，表示兩種動作同時進行，也就是前項的主要動作進行的同時，還進行後項動作。只能接動詞連用形，不能接在名詞和形容詞後面；「とともに」也表同時，但是接在表示動作、變化的動詞原形或名詞後面，表示前項跟後項同時發生。

004

とおもうと、とおもったら

類義表現
とおもいきや
本以為…卻

➔ {動詞た形}＋と思うと、と思ったら；{名詞の；動詞普通形；引用文句}＋と思うと、と思ったら

意思❶【反預料】表示本來預料會有某種情況，下文的結果有兩種：一是較常用於出乎意外地出現了相反的結果。中文意思是：「原以為…，誰知是…」。如例：

1 息子は帰ってきたと思ったら、すぐ遊びに行った。

原以為兒子回來了，誰知道他又跑出去玩了！

2 会社へ行っていると思っていたら、夫はずっと仕事を探していたらしい。
本來以為先生天天出門上班，沒想到他似乎一直在找工作。

3 桜が咲いたなと思ったら、この雨ですっかり散ってしまった。
正想著櫻花終於開了，不料竟被這場雨打成了遍地落英。

◉ **比較：**<u>とおもいきや</u>〔本以為…卻〕

「とおもうと」表反預料，表示本來預料會有某情況，卻發生了後項相反的結果；「とおもいきや」表讓步，表示按照一般情況推測應該是前項，但結果卻意外的發生了後項。後項是對前項的否定。

<u>意思</u>❷ **【符合預料】** 二是用在結果與本來預料是一致的，只能使用「とおもったら」。中文意思是：「覺得是…，結果果然…」。如例：

4 英語が上手だなと思ったら、王さんはやはりアメリカ生まれだった。
我暗自佩服王小姐的英文真流利，後來得知她果然是在美國出生的！

005

くせして

➡ ｛名詞の；形容動詞詞幹な；[形容詞・動詞] 普通形｝＋くせして

<u>意思</u>❶ **【不符意料】** 表示逆接。表示後項出現了從前項無法預測到的結果，或是不與前項身分相符的事態。帶有輕蔑、嘲諷的語氣。也用在開玩笑時。相當於「くせに」。中文意思是：「可是…、明明是…、卻…」。如例：

1 大学生のくせして、そんな簡単なことも知らないの。
都讀到大學了，連那麼簡單的事都不知道嗎？

2 彼は歌が下手なくせして、いつもカラオケに行きたがる。

他歌喉那麼糟，卻三天兩頭就往卡拉 OK 店跑。

3 人の話は聞かないくせして、自分の話ばかりする。

只顧著說自己的事，根本不聽別人講話。

4 男のくせして、泣くんじゃない。

身為堂堂男子漢，哭什麼哭！

◉ **比較：**<u>のに</u>〔明明…〕

「くせして」表不符意料，表示前項與後項不符合。句中的前後項必須是同一主體；「のに」也表不符意料，但句中的前後項也可能不是同一主體，例如：「彼女が求めたのに、彼は与えなかった／她要求了，但他沒有給」。

006

かねない

➡ {動詞ます形}＋かねない

意思❶ **【可能】**「かねない」是接尾詞「かねる」的否定形。表示有這種可能性或危險性。有時用在主體道德意識薄弱，或自我克制能力差等原因，而有可能做出異於常人的某種事情，一般用在負面的評價。中文意思是：「很可能…、也許會…、說不定將會…」。如例：

1 飲酒運転は、事故につながりかねない。

酒駕很可能會造成車禍。

2 このままだと会社は倒産しかねません。

再這樣下去，也許公司會倒閉。

3 彼は毎日授業に遅刻するから、試験の日も遅刻しかねない。 | 他每天上課都遲到，說不定考試那天也會遲到。

4 雨に濡れたままの服を着ていると、風邪を引きかねません。 | 穿著被雨淋濕的衣服可能會染上風寒。

◉ **比較：かねる**〔難以…〕

「かねない」表可能，表示有可能出現不希望發生的某種事態，只能用在說話人對某事物的負面評價；「かねる」表困難，表示由於主觀的心理排斥因素，或客觀道義等因素，所以不能或難以做到某事。

補充 ▸▸▸〔**擔心、不安**〕含有說話人擔心、不安跟警戒的心情。

007

Track-092

そうにない、そうもない

➡ {動詞ます形；動詞可能形詞幹} ＋そうにない、そうもない

意思❶ **【可能性】** 表示說話者判斷某件事情發生的機率很低，可能性極小，或是沒有發生的跡象。中文意思是：「看起來不會…、不可能…、根本不會…」。如例：

1 仕事はまだまだ残っている。今日中に終わりそうもない。

還剩下好多工作，看來今天是做不完了。

2 電車が事故で遅れているから、会議の時間までに行けそうもない。 | 搭乘的電車因事故而延遲，恐怕趕不及出席會議了。

3 年末は忙しくて、忘年会には参加できそうにありません。 | 年底忙得不可開交，大概沒辦法參加尾牙了。

4 パーティーはあと30分で終わるけど、彼女、来そうにないね。 | 派對還有三十分鐘就要結束了，我看她大概不來了。

◉ **比較：**わけにはいかない〔不能…〕

「そうにない」表可能性，前接動詞ます形，表示可能性極低；「わけにはいかない」表不能，表示出於道德、責任、人情等各種原因，不能去做某事。

008

っこない

➡ {動詞ます形}＋っこない

意思❶【可能性】表示強烈否定，某事發生的可能性。表示說話人的判斷。一般用於口語，用在關係比較親近的人之間。中文意思是：「不可能…、決不…」。如例：

1 今の私の実力では、試験に受かりっこない。 | 以我目前的實力，根本無法通過測驗！

補充 ▸▸▸〘**なんて～っこない**〙常與「なんか、なんて」、「こんな、そんな、あんな（に）」前後呼應使用。如例：

2 1日でN3の漢字なんて、覚えられっこない。 | 僅僅一天時間，絕不可能記住N3程度的漢字！

3 子供にそんな難しいこと言っても、わかりっこない。 | 就算告訴小孩子那麼深奧的事，他也不可能聽得懂。

4 家賃20万円なんて、そんなに払えっこない。
高達二十萬圓的房租，我怎麼付得起呢？

◉ **比較：** かねない〔很可能…〕

「っこない」表可能性，接在動詞連用形後面，表示強烈的否定某事發生的可能性，是說話人主觀的判斷。大多使用可能的表現方式；「かねない」表可能，表示所提到的事物的狀態、性質等，可能導致不好的結果，含有說話人的擔心、不安和警戒的心情。

009

うる、える、えない

➡ {動詞ます形} ＋得る

意思❶ **【可能性】** 表示可以採取這一動作，有發生這種事情的可能性，有接尾詞的作用，接在表示無意志的自動詞，如「ある、できる、わかる」表示「有…的可能」。中文意思是：「可能、能、會」。如例：

1 30年以内に大地震が起こり得る。
在三十年之內恐將發生大地震。

2 未来には人が月に住むことも有りうるのではないだろうか。
人類未來不是沒有可能住在月球上喔！

3 考え得る場所はすべて探したが、鍵がみつからない。
所有想得到的地點都找過了，依然沒能找到鑰匙。

意思❷ **【不可能】** 如果是否定形（只有「えない」，沒有「うない」），就表示不能採取這一動作，沒有發生這種事情的可能性。中文意思是：「難以…」。如例：

4 あんなにいい人が人を殺すなんて、あり得ない。
那麼好的人居然犯下凶殺案，實在難以想像！

STEP 2 文法學習

◉ **比較：**<u>かねる</u>〔難以…〕

「うる」表不可能，表示根據情況沒有發生這種事情的可能性；「かねる」表困難，用在說話人難以做到某事。

補充 ▸▸▸〖× **能力有無**〗用在可能性，不用在能力上的有無。

010

● がたい

➡ {動詞ます形}＋がたい

意思❶ **【困難】** 表示做該動作難度非常高，幾乎是不可能，或者即使想這樣做也難以實現，一般用在感情因素上的不可能，而不是能力上的不可能。一般多用在抽象的事物，為書面用語。中文意思是：「難以…、很難…、不能…」。如例：

1 あの人は美人だから、近寄りがたいね。　｜她長得太美了，讓人不敢高攀。

2 彼はいつも嘘をつくので、この話も信じがたい。　｜他經常說謊，所以這次的講法也令人存疑。

3 新製品のコーヒーは、とてもおいしいとは言いがたい。

新生產的咖啡實在算不上好喝。

4 あの二人の関係は複雑すぎて理解しがたい。　｜那兩人的關係太複雜了，讓人霧裡看花。

◉ **比較：**<u>にくい</u>〔難…〕

「がたい」表困難，主要用在由於心理因素，即使想做，也沒有辦法做該動作；「にくい」也表困難，主要是指由於物理上的或技術上的因素，而沒有辦法把某動作做好，或難以進行某動作。但也含有「如果想做，只要透過努力，還是可以做到」，正負面評價都可以使用。

011

● かねる

➡ {動詞ます形}＋かねる

意思❶【困難】表示由於心理上的排斥感等主觀原因，或是道義上的責任等客觀原因，而難以做到某事，所給的條件、要求、狀況等，超出了說話人能承受的範圍。不用在能力不足而無法做的情況。中文意思是：「難以…、不能…、不便…」。如例：

1 条件が合わないので、この仕事は引き受けかねます。	由於條件談不攏，請恕無法接下這份工作。
2 責任者ではないので、詳しい事情は分かりかねます。	我不是承辦人，不清楚詳細狀況。

◉ **比較：** がたい〔難以…〕

「かねる」表困難，表示從說話人的狀況而言，主觀如心理上的排斥感，或客觀如某種規定、道義上的責任等，而難以做到某事，常用在服務業上，前接動詞ます形；「がたい」表困難，表示心理上或認知上很難，幾乎不可能實現某事。前面也接動詞ます形。

補充 ▸▸▸〘衍生－お待ちかね〙「お待ちかね」為「待ちかねる」的衍生用法，表示久候多時，但請注意沒有「お待ちかねる」這種說法。如例：

3 今日は皆さんお待ちかねのボーナスが出る日です。

今天是大家望眼欲穿的獎金發放日。

4 待(ま)ちかねていた商品(しょうひん)がやっと販売(はんばい)された。

期待已久的商品終於發售了！

MEMO

文法知多少？

☞ 請完成以下題目，從選項中，選出正確答案，並完成句子。

▼ 答案詳見右下角

1 これだけの人材がそろえば、わが社は大きく飛躍できる（　　）。

1. に相違ない　　2. にほかならない

2 人間は小さな失敗を重ね（　　）、成長していくものだ。

1. とともに　　2. つつ

3 1億円もするマイホームなんて、私に買え（　　）。

1. っこない　　2. かねない

4 この問題は、あなたの周りでも十分起こり（　　）ことなのです。

1. うる　　2. かねる

5 弱い者をいじめるなど、許し（　　）行為だ。

1. がたい　　2. にくい

6 ご使用後の商品の返品はお受け致し（　　）。

1. がたいです　　2. かねます

答案：(1) 1　(2) 2　(3) 1　(4) 1
(5) 1　(6) 2

問題 1　つぎの文の（　　）に入れるのに最もよいものを、1・2・3・4から一つえらびなさい。

1 電話番号もメールアドレスも分からなくなってしまい、彼には連絡（　　）んです。

1　しがたい　　2　しようがない
3　するわけにはいかない　　4　するどころではない

2 いい選手だからといって、いい監督になれる（　　）。

1　かねない　　2　わけではない
3　に違いない　　4　というものだ

3 同僚の歓迎会でカラオケに行くことになった。歌は苦手だが、1曲歌わ（　　）だろう。

1　ないに相違ない　　2　ないではいられない
3　ないわけにはいかない　　4　ないに越したことはない

4 渋滞しているね。これじゃ、午後の会議に（　　）かねないな。

1　遅れ　　2　早く着き
3　間に合い　　4　間に合わない

5 私には、こんな難しい数学は理解（　　）。

1　できない　　2　しがたい
3　しかねる　　4　するわけにはいかない

6 彼女は、家にある材料だけで、びっくりするほどおいしい料理を（　　）んです。

1　作ることができる　　2　作り得る
3　作るにすぎない　　4　作りかねない

▼ 翻譯與詳解請見 P.194

Lesson 10

様子、比喩、限定、回想

様子、比喩、限定、回想

▼ STEP 1_ 文法速記心智圖

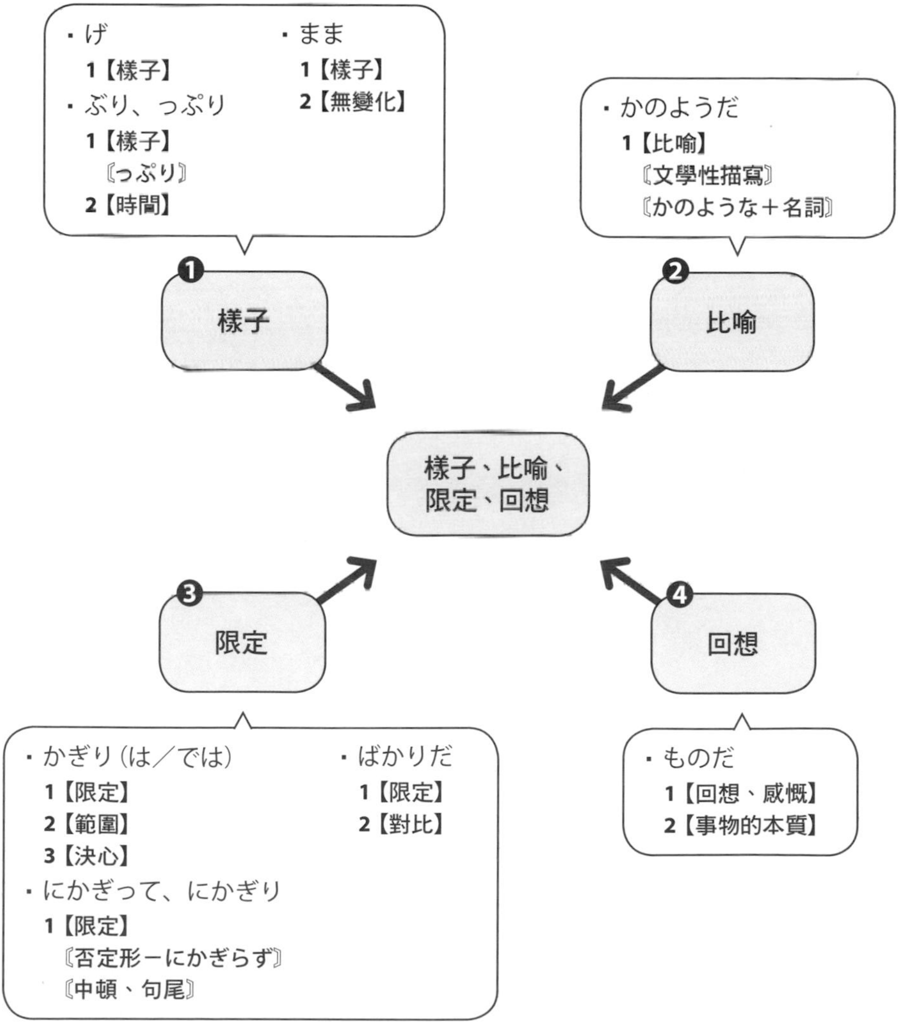

❶ 様子
- げ
  1【樣子】
- ぶり、っぷり
  1【樣子】
  〔っぷり〕
  2【時間】
- まま
  1【樣子】
  2【無變化】

❷ 比喩
- かのようだ
  1【比喻】
  〔文學性描寫〕
  〔かのような＋名詞〕

❸ 限定
- かぎり（は／では）
  1【限定】
  2【範圍】
  3【決心】
- にかぎって、にかぎり
  1【限定】
  〔否定形－にかぎらず〕
  〔中頓、句尾〕
- ばかりだ
  1【限定】
  2【對比】

❹ 回想
- ものだ
  1【回想、感慨】
  2【事物的本質】

（中心：様子、比喻、限定、回想）

10 STEP 2 文法學習

001

げ

➡ {[形容詞・形容動詞] 詞幹；動詞ます形} ＋げ

意思❶ **【様子】** 表示帶有某種樣子、傾向、心情及感覺。書寫語氣息較濃。但要注意「かわいげ」（討人喜愛）與「かわいそう」（令人憐憫的）兩者意思完全不同。中文意思是：「…的感覺、好像…的樣子」。如例：

1 美加ちゃんはいつも恥ずかしげだ。
美加小妹妹總是十分害羞的模樣。

2 あやしげな男が、私の家の近くに住んでいる。
有個形跡可疑的男人就住在我家附近。

3 公園で、子供達が楽しげに遊んでいる。
公園裡，一群孩童玩得正開心。

4 国のニュースを聞いて、彼は不安げな顔をした。
一聽到故鄉的那樁消息，他隨即露出了擔憂的神色。

◉ **比較：** っぽい〔…的傾向〕

「げ」表樣子，是接尾詞，表示外觀上給人的感覺「好像…的樣子」；「っぽい」表傾向，是針對某個事物的狀態或性質，表示有某種傾向、某種感覺很強烈，含有跟實際情況不同之意。

002

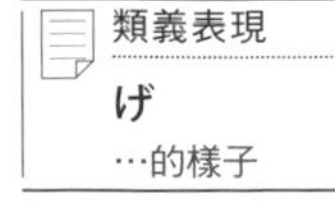

ぶり、っぷり

➡ {名詞；動詞ます形} ＋ぶり、っぷり

意思❶【樣子】前接表示動作的名詞或動詞的ます形，表示前接名詞或動詞的樣子、狀態或情況。中文意思是：「…的樣子、…的狀態、…的情況」。如例：

1 社長(しゃちょう)の口(くち)ぶりからすると、いつもより多(おお)めにボーナスが出(で)そうだ。	從總經理的語氣聽起來，似乎會比以往發放更多獎金。
2 彼(かれ)の話(はなし)ぶりからすると、毎日(まいにち)夜中(よなか)も勉強(べんきょう)しているのだろう。	從他說話的樣子看來，大概每天都用功到深夜吧。

◉ 比較：げ〔…的樣子〕

「ぶり」表樣子，表示事物存在的樣態和動作進行的方式、方法；「げ」表樣子，表示人的心情的某種樣態。

補充 ▸▸▸�‚っぷり〛有時也可以說成「っぷり」。如例：

3 彼女(かのじょ)の飲(の)みっぷりは、男(おとこ)みたいだ。
她喝酒的豪邁程度不亞於男人。

意思❷【時間】{時間；期間}＋ぶり，表示時間相隔多久的意思，含有說話人感到時間相隔很久的語意。中文意思是：「相隔…」。如例：

4 2年(ねん)ぶりに帰国(きこく)したら、母親(ははおや)が痩(や)せて小(ちい)さくなった気(き)がした。	闊別兩年回鄉一看，媽媽彷彿比以前更瘦小了。

003

● まま

類義表現
きり～ない
…之後，再也沒有…

➡ {名詞の；この／その／あの；形容詞普通形；形容動詞詞幹な；動詞た形；動詞否定形}＋まま

10 STEP 2 文法學習

意思❶【樣子】在原封不動的狀態下進行某件事情。中文意思是：「就這樣…、保持原樣」。如例：

1 社長（しゃちょう）に言（い）われたまま、部下（ぶか）に言（い）った。
將總經理的訓示一字不漏地轉述給下屬聽。

2 洗（あら）わなくても大丈夫（だいじょうぶ）ですよ。そのまま食（た）べてください。
請直接享用即可，不必清洗沒關係喔。

3 留守（るす）のはずなのに、電気（でんき）がついたままになっている。
明明沒人在家，屋子裡卻燈火通明。

意思❷【無變化】表示某種狀態沒有變化，一直持續的樣子。中文意思是：「就那樣…、依舊」。如例：

4 久（ひさ）しぶりに村（むら）を再（ふたた）び訪（おとず）れた。村（むら）は昔（むかし）のままだった。
再次造訪了久別的村子，村子還是老樣子。

5 食（た）べたままにしないで、食器（しょっき）を洗（あら）っておいてね。
吃完的碗筷不可以就這樣留在桌上，要自己動手洗乾淨喔！

◉ **比較：きり～ない**〔…之後，再也沒有…〕

「まま」表無變化，表示某狀態一直持續不變；「きり～ない」也表無變化，後接否定，表示前項的的動作完成之後，預料應該要發生的後項，卻再也沒有發生。有意外的語感。

004

かのようだ

➜ {[名詞・形容動詞詞幹](である)；[形容詞・動詞]普通形}+かのようだ

意思❶ **【比喻】** 由終助詞「か」後接「のようだ」而成。將事物的狀態、性質、形狀及動作狀態，比喻成比較誇張的、具體的，或比較容易瞭解的其他事物，經常以「かのように＋動詞」的形式出現。中文意思是：「像…一樣的、似乎…」。如例：

1 彼女(かのじょ)は怖(こわ)いものでも見(み)たかのように、泣(な)いている。
她彷彿看見了可怕的東西，哭個不停。

2 母(はは)は初(はじ)めて聞(き)いたかのように、私(わたし)の話(はなし)を聞(き)いていた。
媽媽宛如第一次聽到那般聆聽了我的敘述。

補充 ▸▸▸ **〘文學性描寫〙** 常用於文學性描寫，常與「まるで、いかにも、あたかも、さも」等比喻副詞前後呼應使用。如例：

3 父(ちち)が死(し)んだ日(ひ)は、まるで空(そら)も泣(な)いているかのように雨(あめ)が降(ふ)りだした。
父親過世的那一天，天空彷彿陪著我流淚似地下起了雨。

補充 ▸▸▸ **〘かのような＋名詞〙** 後接名詞時，用「かのような＋名詞」。如例：

4 今日(きょう)は冷蔵庫(れいぞうこ)の中(なか)にいるかのような寒(さむ)さだ。
今天的氣溫凍得像在冰箱裡似的。

◉ **比較：**<u>ように</u>〔像…那樣〕

「かのようだ」表比喻，表示實際上不是那樣，可是感覺卻像是那樣；「ように」表例示，表示提到某事物的性質、形狀時，舉出最典型的例子。是根據自己的感覺，或所看到的事物，來進行形容的。

005

● かぎり（は／では）

➡ {動詞辭書形；動詞て形＋いる；動詞た形}＋限り（は／では）

10 STEP 2 文法學習

意思❶ **【限定】** 表示在某狀態持續的期間，就會有後項的事態。含有前項不這樣的話，後項就可能會有相反事態的語感。中文意思是：「只要…就…、除非…否則…」。如例：

1 日本にいる限り、日本語が必要だ。
只要待在日本，就必須懂得日文。

2 食生活を改めない限り、健康にはなれない。
除非改變飲食方式，否則無法維持健康。

◉ **比較：** かぎりだ〔…之至〕

「かぎり」表限定，表示在前項狀態持續的期間，會發生後項的狀態或情況；「かぎりだ」表強調心情，表示現在說話人自己有種非常強烈的感覺，覺得是那樣的。

意思❷ **【範圍】** 憑自己的知識、經驗等有限範圍做出判斷，或提出看法，常接表示認知行為如「知る（知道）、見る（看見）、聞く（聽說）」等動詞後面。中文意思是：「據…而言」。如例：

3 私の知る限りでは、この近くに本屋はありません。
就我所知，這附近沒有書店。

意思❸ **【決心】** 表示在前提下，說話人陳述決心或督促對方做某事。中文意思是：「既然…就算」。如例：

4 行くと言った限りは、たとえ雨でも行くつもりだ。
既然說了要去，就算下雨也會按照原訂計畫成行。

006

にかぎって、にかぎり

➔ {名詞}＋に限って、に限り

意思❶【限定】表示特殊限定的事物或範圍，說明唯獨某事物特別不一樣。中文意思是：「偏偏…、只有…、唯獨…是…的、獨獨…」。如例：

1 勉強しようと思っているときに限って、母親に「勉強しなさい」と言われる。

每當我打算念書的時候，好巧不巧媽媽總會催我「快去用功！」。

2 のどが渇いているときに限って、自動販売機が見つからない。

每回口渴時，總是偏偏找不到自動販賣機。

◉ 比較：につけ〔每當…就會…〕

「にかぎって」表限定，表示在某種情況下時，偏偏就會發生後項事件，多表示不愉快的內容；「につけ」表關連，表示偶爾處在同一情況下，都會帶著某種心情去做一件事。後句大多是自然產生的事態或感情相關的表現。

補充 ▸▸▸〖否定形－にかぎらず〗「に限らず」為否定形。如例：

3 今の日本は東京に限らず、田舎でも少子化が問題となっている。

日本的少子化問題不僅是東京的現狀，鄉村地區亦面臨同樣的考驗。

4 秋葉原は日本人に限らず、外国人にも名前が知られている。

秋葉原遠近馳名，不僅日本人，連外國人都聽過這個地名。

補充 ▸▸▸〖中頓、句尾〗「にかぎって」、「にかぎり」用在句中表示中頓；「にかぎる」用在句尾。如例：

5 仕事の後は冷たいビールに限る。

工作後喝冰涼的啤酒是最享受的。

10 STEP 2 文法學習

007

ばかりだ

➡ {動詞辭書形} ＋ばかりだ

意思❶ **【限定】** 表示準備完畢，只差某個動作而已，或是可以進入下一個階段，或是可以迎接最後階段的狀態。大多和「あとは、もう」等詞前後呼應使用。中文意思是：「只等…、只剩下…就好了」。如例：

1 誕生日パーティーの準備はできている。あとは主役を待つばかりだ。
慶生會已經一切準備就緒，接下來只等壽星出場囉！

2 出願の準備はできた。あとは提出するばかりだ。
申請文件已經準備妥當，只剩下遞交就完成手續了。

意思❷ **【對比】** 表示事態越來越惡化，一直持續同樣的行為或狀態，多為對講述對象的負面評價，也就是事態逐漸朝着不好的方向發展之意。中文意思是：「一直…下去、越來越…」。如例：

3 税金や物価は上がるばかりだ。
税金和物價呈現直線飆漲的趨勢。

4 携帯電話が普及してから、手紙を書く機会が減るばかりだ。
自從行動電話普及之後，提筆寫信的機會越來越少了。

◉ **比較：いっぽうだ**〔越來越…〕

「ばかりだ」表對比，表示事物一直朝著不好的方向變化；「いっぽうだ」表傾向，表示事物的情況只朝著一個方向變化。好事態、壞事態都可以用。

008

●ものだ

➡ {形容動詞詞幹な；[形容詞・動詞] 辭書形} ＋ものだ

意思❶ **【回想、感慨】** 表示回想過往的事態，並帶有現今狀況與以前不同的感慨含意。中文意思是：「以前…、實在是…啊」。如例：

1 若いころは夫婦で色々な場所へ旅行をしたものだ。
我們夫妻年輕時去過了形形色色的地方旅遊。

2 学生のころは、よく朝までカラオケをしていたものだ。
學生時代，我經常在卡拉 OK 店通宵飆歌。

3 どんなに寝ても眠いときがあるものだ。
有時候睡得再多也睡不飽。

意思❷ **【事物的本質】** {形容動詞詞幹な；形容詞 ・ 動詞辭書形} ＋ものではない。表示對所謂真理、普遍事物，就其本來的性質，敘述理所當然的結果，或理應如此的態度。含有感慨的語氣。多用在提醒或忠告時。常轉為間接的命令或禁止。中文意思是：「就是…、本來就該…、應該…」。如例：

4 小さい子をいじめるものではない。
不准欺負小孩子！

◉ **比較：** べきだ〔應當…〕

「ものだ」表事物的本質，表示不是個人的見解，而是出於社會上普遍認可的一般常識、事理，給予對方提醒或說教，帶有這樣做是理所當然的心情；「べきだ」表勸告，表示說話人從道德、常識或社會上一般的理念出發，主張「做…是正確的」。

文法知多少？

☞ 請完成以下題目，從選項中，選出正確答案，並完成句子。

▼ 答案詳見右下角

1 こんなことで一々(いちいち)怒(おこ)るなんて、あなたも大人(おとな)（　　）ないですね。

1．っぽい　　　　2．げ

2 友人(ゆうじん)たちは散々(さんざん)騒(さわ)いだあげく、部屋(へや)を散(ち)らかした（　　）帰(かえ)っていった。

1．おり　　　　2．まま

3 喧嘩(けんか)した翌日(よくじつ)、妻(つま)はまるで何事(なにごと)もなかった（　　）振舞(ふるま)っていた。

1．かのように　　　　2．ように

4 私(わたし)が読(よ)んだ（　　）、書類(しょるい)に誤(あやま)りはないようですが。

1．かぎりでは　　　　2．にかぎって

5 忙(いそが)しいとき（　　）、次(つぎ)から次(つぎ)に問(と)い合(あ)わせの電話(でんわ)が来(き)ます。

1．につけ　　　　2．に限(かぎ)って

6 いくらご飯(はん)をたくさん食(た)べても、よく運動(うんどう)すればまたお腹(なか)が空(す)く（　　）。

1．ものだ　　　　2．ようもない

答案：(1) 2　(2) 2　(3) 1　(4) 1
(5) 2　(6) 1

問題1　次の文章を読んで、文章全体の内容を考えて、[1] から [5] の中に入る最もよいものを、1・2・3・4の中から一つ選びなさい。

「自販機大国日本」

お金を入れるとタバコや飲み物が出てくる機械を自動販売機、略して自販機というが、日本はその普及率が世界一と言われる [1] 、自販機大国だそうである。外国人はその数の多さに驚くとともに、自販機の機械そのものが珍しいらしく、写真に撮っている人もいるらしい。

それを見た渋谷(註1)のある商店の店主が面白い自販機を考えついた。 [2] 、日本土産が購入できる自販機である。その店主は、タバコや飲み物の自動販売機に、自分で手を加えて作ったそうである。

その自販機では、手ぬぐい(註2)やアクセサリーなど、日本の伝統的な品物や日本らしい絵が描かれた小物を販売している。値段は1,000円前後で、店が閉まった深夜でも利用できるそうである。利用者はほとんど外国人で、「治安の良い日本ならでは」「これぞジャパンテクノロジー(註3)だ」などと、評判も上々のようである。

商店が閉まった夜中でも買えるという点では、たしかに便利だ。 [3] 、買い忘れた人へのお土産を簡単に買うことができる点でもありがたいにちがいない。しかし、一言の言葉 [4] 物が売られたり買われたりすることにはどうも抵抗がある。特に日本の伝統的な物を外国の人に売る場合はなおのことである。例えば手ぬぐいなら、それは顔や体を拭くものであることを言葉で説明し、 [5] 、「ありがとう」と心を込めてお礼を言う。それが買ってくれた人への礼儀ではないかと思うからだ。

（注1）渋谷：東京の地名

（注2）手ぬぐい：日本式のタオル

（注 3）テクノロジー：技術

1

1　ほどの　　2　だけの

3　からには　　4　まま

2

1　さらに　　2　やはり

3　なんと　　4　というと

3

1　つまり　　2　それに

3　それに対して　　4　なぜなら

4

1　もなしに　　2　だけに

3　かぎりは　　4　を抜きにしては

5

1　買えたら　　2　買ってあげたら

3　買ってもらえたら　　4　買ってあげられたら

▼ 翻譯與詳解請見 P.197

期待、願望、当然、主張

期待、願望、當然、主張

▼ **STEP 1_ 文法速記心智圖**

- たところが
  1【期待】
- だけあって
  1【符合期待】
  〖重點在後項〗
- だけのことはある、だけある
  1【符合期待】
  〖負面〗

❶ **期待**

- どうにか(なんとか、もうすこし)～ないもの(だろう)か
  1【願望】

❷ **願望**

期待、願望、當然、主張

❸ **理所當然**

- てとうぜんだ、てあたりまえだ
  1【理所當然】

❹ **主張**

- にすぎない
  1【主張】
- にほかならない
  1【主張】
  〖ほかならぬ＋N〗
- というものだ
  1【主張】
  〖口語－ってもん〗

11 STEP 2 文法學習

001

たところが

➡ {動詞た形} ＋たところが

意思❶【期待】這是一種逆接的用法。表示因某種目的作了某一動作，但結果與期待相反之意。後項經常是出乎意料之外的客觀事實。中文意思是：「可是…、然而…、沒想到…」。如例：

1 祭日なので、いると思って彼の家に行ったところが、留守だった。
原以為放假日應該在家，沒想到去到他家才知道他出門了。

2 冷たいと思って飲んだところが、熱くて口の中がやけどをしてしまった。
本來以為是冷飲，沒想到灌下一大口才發現竟是熱的，嘴裡都燙傷了。

3 彼女と結婚すれば幸せになると思ったところが、そうではなかった。
當初以為和她結婚就是幸福的起點，誰能想到竟是事與願違呢。

4 レシピどおりに作ったところが、おいしくなくて捨ててしまった。
雖然按照食譜做了出來，可是太難吃了只好扔掉。

◉ **比較：** のに〔卻…〕

「たところが」表期待，表示帶著目的做前項，但結果卻跟預期相反；「のに」表讓步，前項是陳述事實，後項説明一個和此事相反的結果。

002

だけあって

➡ {名詞；形容動詞詞幹な；[形容詞・動詞] 普通形} ＋だけあって

意思❶ **【符合期待】** 表示名實相符，後項結果跟自己所期待或預料的一樣，一般用在積極讚美的時候。含有佩服、理解的心情。副助詞「だけ」在這裡表示與之名實相符。中文意思是：「不愧是…、也難怪…」。如例：

1 さすがワールドカップだけあって、素晴らしい試合ばかりだ。
不愧是世界盃，每一場比賽都精彩萬分！

2 このホテルは高いだけあって、サービスも一流だ。
這家旅館的服務一流，果然貴得有價值！

3 山口さんはアメリカに留学しただけあって、英語が上手です。
山口先生不愧是留學美國的高材生，英語非常道地！

4 この寺は世界的な観光地だけあって、人が訪れない日はない。
這座寺院果真是世界聞名的觀光勝地，參觀人潮天天川流不息。

補充 ▸▸▸ **〖重點在後項〗** 前項接表示地位、職業、評價、特徵等詞語，著重點在後項，後項不用未來或推測等表達方式。如例：

5 恵美さんはモデルだけあって、スタイルがいい。
恵美小姐不愧是當模特兒，身材很好。

◉ 比較：にしては〔就…而言…〕

「だけあって」表符合期待，表示後項是根據前項，合理推斷出的結果；「にしては」表與預料不同，表示依照前項來判斷某人事物，卻出現了與一般情況不符合的後項，用在評論人或事情。

STEP 2 文法學習

003

Track-107

類義表現
どころではない
實在不能…

だけのことはある、だけある

➔ {名詞；形容動詞詞幹な；[形容詞・動詞] 普通形} + だけのことはある、だけある

意思❶【符合期待】表示與其做的努力、所處的地位、所經歷的事情等名實相符，對其後項的結果、能力等給予高度的讚美。中文意思是：「到底沒白白…、值得…、不愧是…、也難怪…」。如例：

1 料理もサービスも素晴らしい。一流レストランだけのことはある。
餐點和服務都無可挑剔，到底是頂級餐廳！

2 彼女はモデルをしていただけのことはあって、とても美人だ。
她畢竟曾當過模特兒，姿色可謂國色天香。

3 あの医者、顔を見ただけで病気がわかるなんて、名医と言われるだけのことはあるよ。
那位醫師只要看患者的臉就能診斷出病名，難怪被譽為華陀再世！

4 ランチが 6,000 円なんて、有名店だけのことはあるね。
午餐價格居然高達六千圓，果然是名店的標價！

◉ **比較：**どころではない〔實在不能…〕

「だけのことはある」表符合期待，表示「的確是名副其實的」。含有「不愧是、的確、原來如此」等佩服、理解的心情；「どころではない」表否定，對於期待或設想的事情，表示「根本不具備做那種事的條件」強調處於困難、緊張的狀態。

補充 ▸▸▸〔**負面**〕可用於對事物的負面評價，表示理解前項事態。如例：

5 このストッキング、1回履いただけですぐ破れるなんて、安かっただけあるよ。
這雙絲襪才穿一次就破了，果然是便宜貨。

004

Track-108

類義表現
ないかしら
沒…嗎

●（どうにか、なんとか、もうすこし）～ないもの（だろう）か

➡（どうにか、なんとか、もう少し）＋{動詞否定形；動詞可能形詞幹}＋ないもの（だろう）か

意思❶【願望】表示說話者有某個問題或困擾，希望能得到解決辦法。中文意思是：「不能…嗎、是不是…、能不能…、有沒有…呢」。如例：

1 明日までの仕事。誰か手伝ってくれる人はいないものだろうか。
這件工作要在明天之前完成。是不是有人願意一起幫忙呢？

2 暑い日が続いている。もう少し涼しくならないものだろうか。
連日來都是酷熱的天氣。到底什麼時候才能變得涼爽一些呢？

3 毎日仕事もせず、遊んで暮らせる方法はないものだろうか。
有沒有什麼好方法可以不必工作、天天享樂度日的呢？

4 別れた恋人と、なんとかもう一度会えないものだろうか。
能不能想個辦法讓我和已經分手的情人再見上一面呢？

◉ **比較：**ないかしら〔沒…嗎〕

「どうにか～ないものか」表願望，表示說話人希望能得到解決的辦法；「ないかしら」表感嘆，表示不確定的原因。

11 STEP 2 文法學習

005

Track-109

類義表現

ものだ

實在是…啊

てとうぜんだ、てあたりまえだ

➡ {形容動詞詞幹}＋で当然だ、で当たり前だ；{[動詞・形容詞] て形}＋当然だ、当たり前だ

意思❶ **【理所當然】**表示前述事項自然而然地就會導致後面結果的發生，這樣的演變是合乎邏輯的。中文意思是：「難怪…、本來就…、…也是理所當然的」。如例：

1 相手(あいて)は子供(こども)。勝(か)って当(あ)たり前(まえ)だ。

比賽對手是小孩，贏了也是天經地義。

2 夏(なつ)だから、暑(あつ)くて当(あ)たり前(まえ)だ。

畢竟是夏天，當然天氣炎熱。

3 学生(がくせい)なら勉強(べんきょう)して当然(とうぜん)です。文句(もんく)言(い)わないで試験(しけん)の準備(じゅんび)をしなさい。

身為學生，用功讀書是本分。別抱怨了，快去準備考試！

4 試験前日(しけんぜんじつ)も夜中(よなか)まで遊(あそ)んでいた彼(かれ)は、不合格(ふごうかく)になって当然(とうぜん)だ。

他在考試前一天都還玩到三更半夜，難怪考不及格。

◉ **比較**：ものだ〔實在是…啊〕

「てとうぜんだ」表理所當然，表示合乎邏輯的導致後面的結果；「ものだ」表感慨，表示帶著感情去敘述心裡的強烈感受、驚訝、感動等。

006

Track-110

類義表現

にほかならない

全靠…

にすぎない

➡ {名詞；形容動詞詞幹である；[形容詞・動詞] 普通形}＋にすぎない

意思❶【主張】表示某微不足道的事態，指程度有限，有著並不重要的沒什麼大不了的輕蔑、消極的評價語氣。中文意思是：「只是…、只不過…、不過是…而已、僅僅是…」。如例：

1 今回発覚したカンニングは、氷山の一角にすぎない。
這次遭到揭發的作弊行為不過是冰山一角。

2 ボーナスが出たと言っても、2万円にすぎない。
雖說給了獎金，也不過區區兩萬圓而已。

3 タカシ君はまだ小学生に過ぎないのだから、そんなに叱らないほうがいいよ。
隆志還只是小學生而已，用不著那麼嚴厲斥責他嘛。

4 黒猫をみると不幸になるというのは、迷信にすぎない。
看到黑貓就表示不祥之兆，那不過是迷信罷了。

◉ **比較：**にほかならない〔全靠…〕

「にすぎない」表主張，表示帶輕蔑語氣說程度不過如此而已；「にほかならない」也表主張，帶有「只有這個、正因為…」的語氣，多用在表示贊成與肯定的情況時。

007

にほかならない

➡ {名詞}＋にほかならない

意思❶【主張】表示斷定的說事情發生的理由、原因，是對事物的原因、結果的肯定語氣，強調說話人主張「除此之外，沒有其他」的判斷或解釋。亦即「それ以外のなにものでもない（不是別的，就是這個）」的意思。中文意思是：「完全是…、不外乎是…、其實是…、無非是…」。如例：

11 STEP 2 文法學習

1 親が子供に厳しくいうのは、子供のためにほかならない。

父母之所以嚴格要求兒女，無非是為了他們著想。

2 成功したのは、皆様のおかげにほかなりません。

今日的成功必須完全歸功於各位的付出。

◉ **比較：**<u>というものではない</u>〔並非…〕

「にほかならない」表主張，表示「不是別的，正因為是這個」的強烈斷定或解釋的表達方式；「というものではない」表部分否定，用於表示對某想法，心裡覺得不恰當，而給予否定。

<u>補充</u> ▸▸▸〘**ほかならぬ＋ N**〙 相關用法：「ほかならぬ」修飾名詞，表示其他人事物無法取代的特別存在。中文意思是：「既然是…」。如例：

3 ほかならぬあなたのお願いなら、聞くほか方法はありません。

既然是您親自請託，小弟只有全力以赴了。

4 ほかならぬ君が困っているのに、知らない顔ができるわけがない。

既然遇到困難的是你而不是外人，我怎能置之不理。

008

というものだ

➔ {名詞；形容動詞詞幹；動詞辭書形} ＋というものだ

<u>意思</u>❶ **【主張】** 表示對事物做出看法或批判，表達「真的是這樣、的確是這樣」的意思。是一種斷定說法，不會有過去式或否定形的活用變化。中文意思是：「實在是…、也就是…、就是…」。如例：

1 1か月休みなしで働くなんて、無理というものだ。

要我整整一個月不眠不休工作，根本是天方夜譚！

2 女性ばかり家事をするのは、不公平というものです。

把家事統統推給女人一手包辦，實在太不公平了！

◉ **比較：**<u>ということだ</u>〔所謂的…就是…〕

「というものだ」表主張，表示說話者針對某個行為，提出自己的感想或評論；「ということだ」表結論，是說話人根據前項的情報或狀態，得到某種結論或總結說話內容。

補充 ▸▸▸〖**口語－ってもん**〗「ってもん」是種較草率、粗魯的口語說法，是先將「という」變成「って」，再接上「もの」轉變的「もん」。如例：

3 夜中に電話してきて、「お金を貸して」と言ってくるなんて非常識ってもんだ。

三更半夜打電話來劈頭就說「借我錢」，簡直毫無常識可言！

4 契約したら終わりだと思ってたら大きな間違いってもんだよ。

以為簽完約後事情到此就告一段落了，那你就大錯特錯了！

文法知多少？

☞ 請完成以下題目，從選項中，選出正確答案，並完成句子。

▼ 答案詳見右下角

1 家(いえ)に電話(でんわ)した（　　）、誰(だれ)も出(で)なかった。

1．だけあって　　　　2．ところが

2 さすが大学(だいがく)の教授(きょうじゅ)（　　）、なんでもよく知(し)っている。

1．だけあって　　　　2．に決(き)まって

3 きれい。さすが人気(にんき)モデル（　　）。

1．だけのことはある　　　　2．どころではない

4 君(きみ)の話(はなし)は、単(たん)なる言(い)い訳(わけ)（　　）。

1．にすぎない　　　　2．にほかならない

5 実験(じっけん)が成功(せいこう)したのは、あなたのがんばりがあったから（　　）。ありがとう。

1．にほかならない　　　　2．というものではない

6 温泉(おんせん)に入(はい)って、酒(さけ)を飲(の)む。これぞ極楽(ごくらく)（　　）。

1．ということだ　　　　2．というものだ

答案：(1) 2　(2) 1　(3) 1　(4) 1
(5) 1　(6) 2

問題 1　次の文章を読んで、文章全体の内容を考えて、［ 1 ］から［ 5 ］の中に入る最もよいものを、1・2・3・4の中から一つ選びなさい。

「結構です」

「結構です」という日本語は、使い方がなかなか難しい。

例えば、よそのお宅にお邪魔しているとき、その家のかたに、「甘いお菓子がありますが、［ 1 ］？」と言われたとする。そのとき、次のような二種類の答えが考えられる。

A「ああ、結構ですね。いただきます。」

B「いえ、結構です。」

Aの「結構」は、相手の言葉に賛成して、「いいですね」という意味を表す。

［ 2 ］、Bの「結構」は、これ以上いらないと丁寧に断る言葉である。同じ「結構」でも、まるで反対の意味を表すのだ。したがって、「いかがですか」と菓子を勧めた人は、「結構」の意味を、前後の言葉、例えばAの「いただきます」や、Bの「いえ」などによって、または、その言い方や調子によって判断する［ 3 ］。日本人には簡単なようでも、外国の人［ 4 ］使い分けが難しいのではないだろうか。

また、「結構」には、もう一つ、ちょっとあいまいに思えるような意味がある。

［ 5 ］、「これ、結構おいしいね。」「結構似合うじゃない。」などである。この「結構」は、「かなりの程度に。なかなか。」というような意味を表す。「非常に。とても。」などと比べると、少しその程度が低いのだ。

いずれにしても、「結構」という言葉は結構あいまいな言葉ではある。

1

1　いただきますか　　2　くださいますか
3　いかがですか　　4　いらっしゃいますか

2

1　これに対して　　2　そればかりか
3　それとも　　4　ところで

3

1　わけになる　　2　だけのことはある
3　ものになる　　4　ことになる

4

1　に対しては　　2　にとっては
3　によっては　　4　にしては

5

1　なぜなら　　2　たとえば
3　そのため　　4　ということは

▼ 翻譯與詳解請見 P.199

肯定、否定、対象、対応

肯定、否定、對象、對應

Lesson 12

▼ STEP 1_ 文法速記心智圖

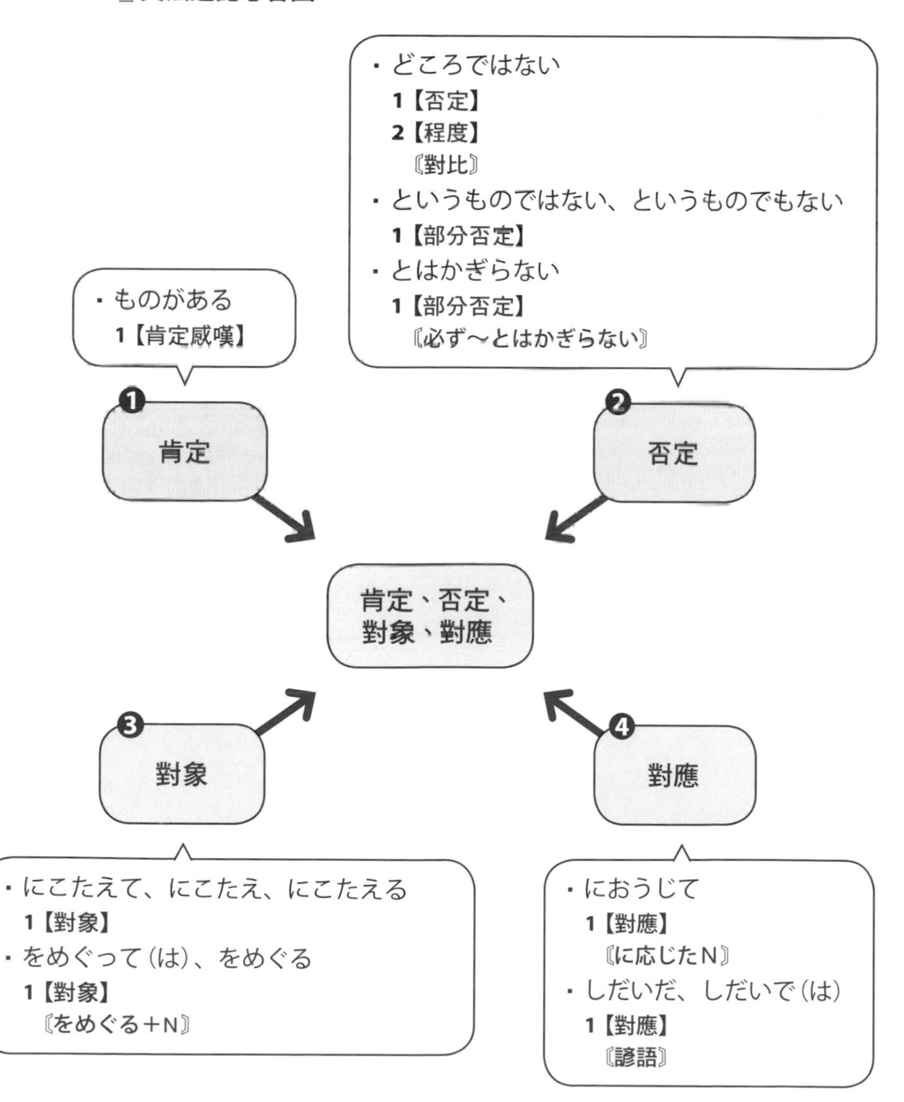

12 STEP 2 文法學習

001

Track-113

類義表現
ことがある
有時也會…

ものがある

➡ {形容動詞詞幹な；[形容詞・動詞] 辭書形} ＋ものがある

意思❶ **【肯定感嘆】** 表示肯定某人或事物的優點。由於説話人看到了某些特徵，而發自內心的肯定，是種強烈斷定的感嘆。中文意思是：「有…的價值、確實有…的一面、非常…、很…」。如例：

1 高校生が作詞作曲したこの歌は、人を元気づけるものがある。
由高中生作詞作曲的這首歌十分鼓舞人心。

2 昨日までできなかったことが今日できる。子供の成長は目をみはるものがある。
昨天還不會的事今天就辦到了。孩子的成長真是令人嘖嘖稱奇！

3 彼女の歌う声は明るいけれど、歌の内容には悲しいものがある。
她的歌聲雖然清亮，但曲子敘述的內容卻有著格外哀傷的一面。

4 初代社長がのこした言葉は、何度聞いても心に響くものがある。
公司創始人留給後進的這番話語，不論聽多少次都同樣能夠激勵士氣。

◉ **比較：** ことがある〔有時也會…〕

「ものがある」表感嘆，用於表達説話者見物思情，有所感觸而表現出的評價和感受；「ことがある」表不定，用於表示事物發生的頻率不是很高，只是有時會那樣。

002

どころではない

➡ {名詞；動詞辭書形}＋どころではない

意思❶【否定】表示沒有餘裕做某事，強調目前處於緊張、困難的狀態，沒有金錢、時間或精力去進行某事。中文意思是：「哪裡還能…、不是…的時候」。如例：

1 明日はテストなので、ゲームをしているどころではない。
明天就要考試了，哪裡還有時間打電玩啊！

2 風邪でのどが痛くて、カラオケ大会どころではなかった。
染上感冒喉嚨痛得要命，這個節骨眼哪能去參加卡拉 OK 比賽啊！

◉ **比較：よりほかない**〔只好…〕

「どころではない」表否定，在此強調沒有餘力或錢財去做某事，或遠遠達不到某程度；「よりほかない」表讓步，意為「只好」，表示除此之外沒有其他辦法。

意思❷【程度】表示事態大大超出某種程度，事態與其説是前項，實際為後項。中文意思是：「何止…、哪裡是…根本是…」。如例：

3 今日の授業は簡単どころではなく、わかる問題が一つもなかった。
今天老師教的部分哪裡簡單，我根本沒有任何一題聽得懂的。

補充 ▸▸▸〔對比〕{動詞辭書形}＋ところか。同樣表示「哪裡」之意的還有「ところか」。如例：

4 この本はつまらないどころか、寝ないで読んでしまうほど面白かった。
這本書哪裡無聊了？精彩的內容讓人根本是睡意全消，讀得津津有味。

003

Track-115

類義表現
（という）しまつだ
（結果）竟然…

● というものではない、というものでもない

➔ {[名詞・形容詞・形容動詞・動詞]假定形}／{[名詞・形容動詞詞幹]（だ）；形容詞辭書形}＋というものではない、というものでもない

意思❶【部分否定】委婉地對某想法或主張，表示不能說是非常恰當、十分正確，不完全贊成，或部分否定該主張。中文意思是：「…可不是…、並不是…、並非…」。如例：

1 大企業に就職をして、お金があれば幸せというものでもない。
在大企業上班領高薪，未必就是幸福的保證。

2 日本人だからといって日本語を教えられるというものではない。
即便是日本人，並不等於就會教日文。

3 商品は安ければいいというものでもない。
挑選商品並非以價格便宜做為唯一考量。

4 授業に出席さえしていればいいというものではない。
並不是人坐在教室裡就等於認真上課。

◉ **比較：**（という）しまつだ〔（結果）竟然…〕

「というものでもない」表部分否定，表示說話人委婉地認為某想法等並不全面；「（という）しまつだ」表結果，表示因某人的行為，而使自己很不好做事，並感到麻煩，最終還得到了一個不好的結果或狀態。

004

Track-116

類義表現
ものではない
不是…的

● とはかぎらない

➔ {[名詞・形容詞・形容動詞・動詞]普通形}＋とは限らない

意思❶【部分否定】表示事情不是絕對如此，也是有例外或是其他可能性。中文意思是：「也不一定…、未必…」。如例：

1 女性は痩せているほうがきれいだとは限らない。
女性並不是越瘦越美。

2 書き言葉は日常で使わないとは限らない。
書面用語在日常生活中未必用不到。

3 日本人だからといって、みんな寿司が好きとは限らない。
即使是日本人，也未必人人都喜歡吃壽司。

◉ **比較：**ものではない〔不是…的〕

「とはかぎらない」表部分否定，表示事情絕非如此，也有例外；「ものではない」表勸告，表示並非個人的想法，而是出自道德、常識而給對方訓誡、說教。

補充 ▸▸▸〖必ず～とはかぎらない〗有時會跟句型「からといって」，或副詞「必ず、必ずしも、どれでも、どこでも、何でも、いつも、常に」前後呼應使用。如例：

4 少子化だが大学を受けたところで、必ずしも全員合格できるとは限らない。
雖說目前面臨少子化，但是大學升學考試也不一定全數錄取。

005

類義表現
にそって
按照…

にこたえて、にこたえ、にこたえる

➡ {名詞}＋にこたえて、にこたえ、にこたえる

意思❶【對象】接「期待」、「要求」、「意見」、「好意」等名詞後面，表示為了使前項的對象能夠實現，後項是為此而採取的相應行動或措施。也就是響應這些要求，使其實現。中文意思是：「應…、響應…、回答、回應」。如例：

1 社員の要求にこたえて、夏休みは２週間にしました。

公司應員工要求，將夏季休假調整為兩個星期了。

2 両親の期待にこたえて、国際関係の仕事についた。

我為了達成父母的期望而從事國際關係方面的工作。

3 学生の希望にこたえて、今後は読解を中心とした授業をする。

為回應學生的需求，今後的授課內容將以讀解為主。

4 お客様の意見にこたえて、日曜日もお店を開けることにした。

為回應顧客的建議，星期日也改為照常營業了。

◉ **比較：**<u>にそって</u>〔按照…〕

「にこたえて」表對象，表示因應前項的對象的要求而行事；「にそって」表基準，表示不偏離某基準來行事，多接在表期待、方針、使用説明等語詞後面。

006

● をめぐって（は）、をめぐる

➡ ｛名詞｝＋をめぐって、をめぐる

意思❶ **【對象】** 表示後項的行為動作，是針對前項的某一事情、問題進行的。中文意思是：「圍繞著…、環繞著…」。如例：

1 消費税増税の問題をめぐって、国会で議論されている。

國會議員針對增加消費税的議題展開了辯論。

2 騒音問題をめぐって、住民同士で話し合いがもたれた。

當地居民為了噪音問題而聚在一起進行討論。

◉ **比較：**<u>について</u>〔關於…〕

「をめぐって」表對象，表示環繞著前項事物做出討論、辯論、爭執等動作；「について」也表對象，表示就某前項事物來提出說明、撰寫、思考、發表、調查等動作。

補充 ⋙〘**をめぐる＋N**〙後接名詞時，用「をめぐる＋N」。如例：

3 社長と彼女の関係をめぐる噂は社外にまで広がっている。

總經理和她的緋聞已經傳到公司之外了。

4 父親の遺産をめぐる兄弟の争いが3年も続いている。

為了父親的遺產，兄弟已經持續爭奪了三年。

007

●におうじて

➡ {名詞}＋に応じて

意思❶ **【對應】** 表示按照、根據。前項作為依據，後項根據前項的情況而發生變化。中文意思是：「根據…、按照…、隨著…」。如例：

1 学生のレベルに応じて、クラスを決める。

依照學生的程度分班。

2 その日の天気に応じて、服装を決めて出かけます。

根據當日的天氣狀況決定外出的衣著。

3 経験に応じて給料を決めます。

按照資歷決定薪水。

◉ **比較：**<u>によっては</u>〔有的…〕

「におうじて」表相應，表示隨著前項的情況，後項也會隨之改變；「によっては」表對應，表示後項的情況，會因為前項的人事物等不同而不同。

補充 ▸▸▸〔に応じたN〕後接名詞時，變成「に応じたN」的形式。如例：

4 ご予算に応じたパーティーメニューをご用意いたしております。
本公司可以提供符合貴單位預算的派對菜單。

008

Track-120

● しだいだ、しだいで（は）

類義表現
にもとづく
根據…

➔ {名詞}＋次第だ、次第で（は）

意思❶【對應】表示行為動作要實現，全憑「次第だ」前面的名詞的情況而定，也就是必須完成「しだい」前的事項，才能夠成立。「しだい」前的事項是左右事情的要素，因此而產生不同的結果。中文意思是：「全憑…、要看…而定、決定於…」。如例：

1 試合は天気次第で、中止になる場合もあります。
就看天候如何，比賽亦可能取消。

2 考え方次第で、よい結果になることもある。
就看思考方向如何，結果也可能是好的。

3 会社の中の人間関係次第で、仕事はやりやすくもなるし、難しくもなる。
在公司裡的人際關係，將會影響工作推展的順利與否。

◉ **比較：**にもとづく〔根據…〕

「しだいだ」表對應，表示前項的事物是決定事情的要素，由此而發生各種變化；「にもとづく」表依據，前項多接「考え方、計画、資料、経験」之類的詞語，表示以前項為根據或基礎，後項則在不偏離前項的原則下進行。

補充 ▸▸▸〔諺語〕「地獄の沙汰も金次第／有錢能使鬼推磨。」為相關諺語。如例：

4 お金があれば難しい病気も治せるし、いい治療も受けられる。地獄の沙汰も金次第ということだ。

只要有錢，即便是疑難雜症亦能治癒，不僅如此也能接受好的治療，真所謂有錢能使鬼推磨。

MEMO

文法知多少？

☞ 請完成以下題目，從選項中，選出正確答案，並完成句子。

▼ 答案詳見右下角

1 彼女の演技には人をひきつける（　　）。

1．ことがある　　2．ものがある

2 センター試験が目前ですから 、正月休み（　　）んですよ。

1．どころではない　　2．よりほかない

3 金さえあれば、幸せ（　　）。

1．というものでもない　　2．というしまつだ

4 彼はアンコール（　　）、「故郷の民謡」を歌った。

1．にそって　　2．にこたえて

5 遺産相続（　　）、兄弟が激しく争った。

1．をめぐって　　2．について

6 客の注文（　　）、カクテルを作る。

1．に応じて　　2．によって

答案：(1) 2　(2) 1　(3) 1　(4) 2
(5) 1　(6) 1

問題 1　つぎの文の（　　　）に入れるのに最もよいものを、1・2・3・4 から一つえらびなさい。

1　飛行機がこわい（　　　）が、事故が起きたらと思うと、できれば乗りたくない。

1　わけだ　　　2　わけがない
3　わけではない　　　4　どころではない

2　森林の開発をめぐって、村の議会では（　　　）。

1　村長がスピーチした　　　2　反対派が多い
3　話し合いが続けられた　　　4　自分の意見を述べよう

問題 2　つぎの文の ＿★＿ に入る最もよいものを、1・2・3・4 から一つえらびなさい。

3　週末は旅行に行く予定だったが、＿＿＿ ＿＿＿ ＿★＿ ＿＿＿ ではなくなってしまった。

1　突然　　2　どころ　　3　母が倒れて　　4　それ

4　この薬は、1回に1錠から3錠まで、その時の ＿＿＿ ＿＿＿ ＿★＿ ＿＿＿ ください。

1　応じて　　2　痛みに　　3　使う　　4　ようにして

5　同じ場所でも、写真にすると ＿＿＿ ＿＿＿ ＿★＿ ＿＿＿ に見えるものだ。

1　すばらしい景色　　　2　次第で
3　カメラマン　　　4　の腕

6　＿＿＿ ＿＿＿ ＿★＿ ＿＿＿ 俳優を選びます。

1　物語の　　2　応じて　　3　内容に　　4　演じる

▼ 翻譯與詳解請見 P.200

価値、話題、感想、不満

值得、話題、感想、埋怨

Lesson 13

▼ STEP 1_ 文法速記心智圖

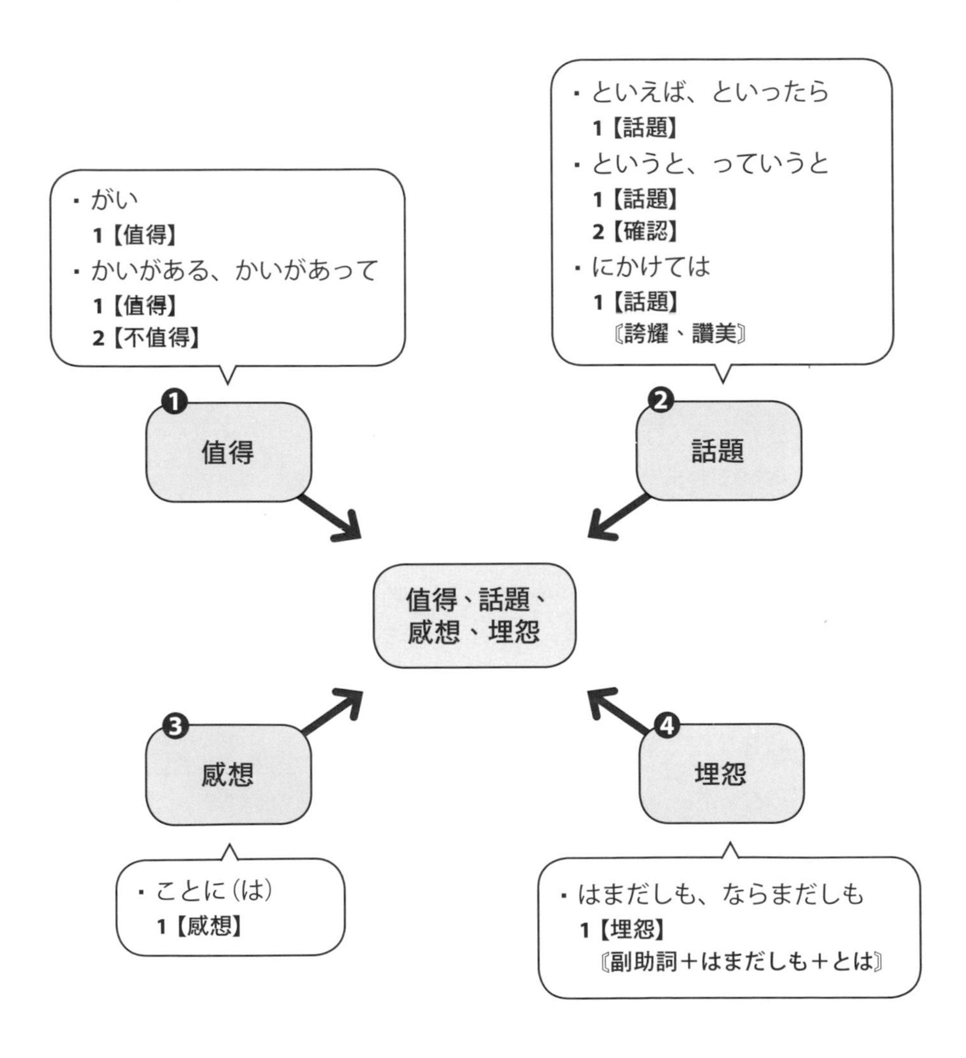

STEP 2 文法學習

001

Track-121

類義表現
べき 應該…

● がい

➡ {動詞ます形} ＋がい

意思❶ 【值得】表示做這一動作是值得、有意義的。也就是辛苦、費力的付出有所回報，能得到期待的結果。多接意志動詞。意志動詞跟「がい」在一起，就構成一個名詞。後面常接「（の／が／も）ある」，表示做這動作，是值得、有意義的。中文意思是：「有意義的…、值得的…、…有回報的」。如例：

1 この仕事は大変だけど、やりがいがある。
這件工作雖然辛苦，但是很有成就感。

2 年をとっても、何か生きがいを見つけたい。
儘管上了年紀，還是想找到自我的生存價值。

3 いくら教えてもうまくならないなんて、教えがいがない。
教了老半天還是聽不懂，簡直浪費我的唇舌。

4 子供がよく食べると、母にとっては作りがいがある。
看著孩子吃得那麼香，就是媽媽最感欣慰的回報。

◉ **比較**：べき〔應該…〕

「がい」表值得，表示做這一動作是有意義的，值得的；「べき」表勸告，表示說話人認為做某事是做人應有的義務。

002

Track-122

類義表現
あっての 正因為有…，…才成立

● かいがある、かいがあって

➡ {名詞の；動詞辭書形；動詞た形} ＋かいがある、かいがあって

13 STEP 2 文法學習

意思❶【值得】表示辛苦做了某件事情而有了正面的回報，或是得到預期的結果。有「好不容易」的語感。中文意思是：「總算值得、有了代價、不枉…」。如例：

1 努力（どりょく）のかいがあって、希望（きぼう）の大学（だいがく）に合格（ごうかく）した。
不枉過去的辛苦，總算考上了心目中的大學。

2 毎日（まいにち）ジョギングしたかいがあって、５キロも痩（や）せた。
每天慢跑總算值得了，前後瘦下整整五公斤。

◉ **比較：**あっての〔正因為有…，…才成立〕

「かいがある」表值得，表示辛苦做某事，是值得的；「あっての」表強調輕重，表示有了前項才有後項。

意思❷【不值得】用否定形時，表示努力了，但沒有得到預期的結果，表示「沒有代價」。中文意思是：「沒有…的效果」。如例：

3 手術（しゅじゅつ）のかいもなく、会長（かいちょう）は亡（な）くなった。
儘管做了手術，依然沒能救回董事長。

4 昨晩勉強（さくばんべんきょう）したかいもなく、今日（きょう）のテストは全（まった）くできなかった。
昨晚的用功全都白費了，今天的考卷連一題都答不出來。

003

Track-123

● といえば、といったら

類義表現
とすれば
如果…

➔ {名詞}＋といえば、といったら

意思❶【話題】用在承接某個話題，從這個話題引起自己的聯想，或對這個話題進行說明。口語用「っていえば」。中文意思是：「到…、提到…就…、說起…、（或不翻譯）」。如例：

1 日本の山といったら、富士山でしょう。
提到日本的山，首先想到的就是富士山吧。

2 春の花といったら、桜です。
要說春天開的花，腦海中第一個浮現的就是櫻花了。

3 中国の有名な観光地といえば万里の長城だ。
提到中國的觀光名勝，最知名的要數萬里長城了。

4 代表的な日本料理といえば、寿司を上げる人が多い。
談起最具代表性的日本料理，相信很多人都會回答壽司。

◉ **比較：**<u>とすれば</u>〔如果…〕

「といえば」表話題，用在提出某個之前提到的話題，承接話題，並進行有關的聯想；「とすれば」表假定條件，為假設表現，帶有邏輯性，表示如果假定前項為如此，即可導出後項的結果。

004

● というと、っていうと

➡ {名詞}＋というと、っていうと

意思❶ **【話題】** 表示承接話題的聯想，從某個話題引起自己的聯想，或對這個話題進行說明。中文意思是：「提到…、要說…、說到…」。如例：

1 経理の田中さんというと、来月結婚するらしいよ。
說到會計部的田中先生好像下個月要結婚囉！

意思❷ **【確認】** 用於確認對方所說的意思，是否跟自己想的一樣。說話人再提出疑問、質疑等。中文意思是：「你說…」。如例：

2 公園に一番近いコンビニというと、この店ですか。

你說要找離公園最近的便利商店，那就是這一家了吧？

3 国に帰るというと、もう日本には戻ってこないの。	你說要回國了，意思是再也不回來日本了嗎？
4 身分証明書というと、写真付きの在留カードか運転免許証でいいのかな。	所謂需檢附身分證明文件，請問可以繳交附有照片的居留證或駕照嗎？

◉ **比較：** <u>といえば</u>〔說到…〕

「というと」表話題或確認，表示以某事物為話題時，就馬上聯想到別的畫面。有時帶有反問的語氣；「といえば」也表話題，也是提到某事，馬上聯想到別的事物，但帶有說話人感動、驚訝的心情。

005

にかけては

➡ {名詞}＋にかけては

意思❶ **【話題】** 表示「其它姑且不論，僅就那一件事情來說」的意思。後項多接對別人的技術或能力好的評價。中文意思是：「在…方面、關於…、在…這一點上」。如例：

1 使いやすさと安さにかけては、この携帯電話が一番優れている。	就操作簡便和價格實惠而言，這款行動電話的性價比最高。
2 日本の食文化にかけては、彼の右にでるものはいない。	關於日本飲食文化領域的知識，無人能出其右。

3 勉強はできないが、泳ぎにかけては田中君がこの学校で一番だ。

田中同學雖然課業表現差強人意，但在游泳方面堪稱全校第一泳將！

◉ **比較：**<u>にかんして</u>〔關於…〕

「にかけては」表話題，表示前項為某人比任何人能力都強的拿手事物，後項對這一事物表示讚賞；「にかんして」表關連，前接問題、議題等，後項則接針對前項做出的行動。

補充 ▸▸▸〘**誇耀、讚美**〙用在誇耀自己的能力，也用在讚美他人的能力時。如例：

4 あなたを想う気持ちにかけては、誰にも負けない。 | 我有自信比世上的任何人更愛妳！

006

ことに（は）

➔ ｛形容詞辭書形；形容動詞詞幹な；動詞た形｝＋ことに（は）

意思❶【**感想**】接在表示感情的形容詞或動詞後面，表示說話人在敘述某事之前的感想、心情。先說出以後，後項再敘述其具體內容。書面語的色彩濃厚。中文意思是：「令人感到…的是…」。如例：

1 悲しいことに、子供の頃から飼っていた犬が死んでしまった。

令人傷心的是，從小養到現在的狗死了。

2 嬉しいことに、来月1年ぶりに娘が帰国します。
讓人高興的是，一年前出國的女兒下個月就要回來了！

3 不思議なことに、息子は祖母と同じ日の同じ時間に生まれたんです。
讓人感到不可思議的是，兒子與奶奶居然是在同一天的同一個時間出生的！

4 悔しいことに、1点足りなかったので不合格だった。
令人扼腕的是，只差一分就及格了！

◉ **比較：**ことから〔因為…〕

「ことには」表感想，前接瞬間感情活動的詞，表示說話人先表達出驚訝後，接下來敘述具體的事情；「ことから」表根據，表示根據前項的情況，來判斷出後面的結果。

007

はまだしも、ならまだしも

➜ {名詞}＋はまだしも、ならまだしも；{形容動詞詞幹な；[形容詞・動詞]普通形}＋(の)ならまだしも

意思❶ **【埋怨】**是「まだ(還…、尚且…)」的強調說法。表示反正是不滿意，儘管如此但這個還算是好的。雖然不是很積極地肯定，但也還說得過去。中文意思是：「若是…還說得過去，(可是)…、若是…還算可以…」。如例：

1 頭が痛いだけならまだしも、熱も出てきた。
如果只有頭痛還可勉強忍耐，問題是還發燒了。

2 漢字はまだしも片仮名ぐらい間違えずに書きなさい。
漢字也就罷了，至少片假名不可以寫錯。

3 高校生（こうこうせい）はまだしも中学生（ちゅうがくせい）にはこの問題（もんだい）は難（むずか）しすぎる。

這道題目高中生還有可能解得出來，但對中學生來説太難了。

◉ **比較：**はおろか〔別說…了，就連…〕

「はまだしも」表埋怨，表示如果是前項的話，還説的過去，還可原諒，但竟然有後項更甚的情況；「はおろか」表附加，表示別説程度較高的前項了，連程度低的後項都沒有達到。

補充 ▸▸▸ **〖副助詞＋はまだしも＋とは〗** 前面可接副助詞「だけ、ぐらい、くらい」，後可跟表示驚訝的「とは、なんて」相呼應。如例：

4 一度（いちど）くらいはまだしも、何度（なんど）も同（おな）じところを間違（まちが）えるとは。

若是第一次犯錯尚能原諒，但是不可以重蹈覆轍！

MEMO

文法知多少？

☞ 請完成以下題目，從選項中，選出正確答案，並完成句子。

▼ 答案詳見右下角

1 日々の食事制限と運動の（　　）、1か月で5キロ落ちた。

1．かいがあって　　2．あまりに

2 北海道（　　）、函館の夜景が有名ですね。

1．といえば　　2．とすれば

3 この辺の名物（　　）、温泉まんじゅうですね。

1．はとわず　　2．というと

4 幼児の扱い（　　）、彼女はプロ中のプロですよ。

1．にかけては　　2．に関して

5 1回2回（　　）、5回も6回も同じ失敗をするとはどういうことか。

1．にさきだち　　2．ならまだしも

6 悲しい（　　）、財布を落としてしまった。

1．すえに　　2．ことに

答案：(1) 1　(2) 1　(3) 2　(4) 1
(5) 2　(6) 2

問題１　つぎの文の（　　　）に入れるのに最もよいものを、１・２・３・４から一つえらびなさい。

1　A：「このドラマ、おもしろいよ。」

B：「ドラマ（　　　）、この間、原宿で女優の北川さとみを見たよ。」

1　といえば　　2　といったら　　3　とは　　4　となると

2　彼女は若いころは売れない歌手だったが、その後女優（　　　）大成功した。

1　にとって　　2　として　　3　にかけては　　4　といえば

3　それは苦情（　　　）、脅迫ですよ。

1　というにも　　2　というには

3　というと　　4　というより

4　日本の伝統的な文化（　　　）、生け花や茶道がある。

1　ということは　　2　とすると

3　といえば　　4　といっても

5　彼はサッカーの知識（　　　）誰にも負けません。

1　にかけては　　2　によっては

3　してみれば　　4　にたいしては

問題２　つぎの文の＿★＿に入る最もよいものを、１・２・３・４から一つえらびなさい。

6　＿＿＿　＿＿＿　＿★＿　＿＿＿　負けません。

1　だれにも　　2　かけては

3　ことに　　4　あきらめない

▼ 翻譯與詳解請見 P.202

答案＆解題

[こたえ & かいとうヒント]

01 關係

問題 1

＊1. 答案 2

現在不分（　），隨時都能吃到想吃的水果。

1 夏天　　2 季節
3 一年到頭　　4 從春天到秋天

▲「にかかわらず／不管…都…」前接天氣、性別等名詞，表示跟前項都無關之意。例如：

・荷物の送料は、大きさにかかわらず、ひとつ 300 円です。
貨物的運費，不計尺寸，一律每件三百圓。

＊2. 答案 1

儘管雨勢猛烈，比賽（　）。

1 仍然持續進行了　　2 決定中止了
3 真想看啊　　4 持續比到最後吧

▲「（動詞辭書形）にもかかわらず／雖然…，但是…」表示儘管有前面的不利條件，還是要做後面的動作、不受前項影響，做某事的意思。例如：

・彼はバイト中にもかかわらず、いつもゲームばかりしている。
他總是不顧自己正在打工，一直打電玩。

▲ 從本題的題意來看「激しい雨なのに／儘管雨勢猛烈」之後應該是接「試合は続けられた／仍然持續進行了比賽」。

《其他選項》

▲「にもかかわらず～」之後應該是接表示預料之外的行動或狀態的詞語。不能接選項 3 的「見たいものだ／真想看啊」（表希望）或選項 4 的「やろう／…吧」（表意向）這樣的用法。

＊3. 答案 4

這座山規劃了各種健行的路線，（　）年齡，從小孩到長者（　）可以享受山林的樂趣喔！

1 不顧　　2 不管
3 不僅…連　　4 不分…，都…

▲「（名詞）を問わず／不分…，都…」用於表達跟前項沒有關係，不管什麼都一樣之時。例如：

・この仕事は経験を問わず、誰でもできますよ。
這份工作不需要經驗，任何人都可以做喔！

《其他選項》

▲ 選項 1「もかまわず／不顧…」表示不介意前項，而做某動作。例如：

・彼女は服が汚れるのもかまわず、歩き続けた。
她那時不顧身上的衣服髒了，依然繼續往前走。

▲ 選項 2「はともかく／不管…」表示現在暫且先不考慮前項之事的意思。例如：

・お金のことはともかく、まず病気を治すことが大切ですよ。
別管錢的事了，先把病治好才要緊啊！

▲ 選項 3「に限らず／不僅…連」表示不僅是前項還發生了某狀況之意。例如：

・中小企業に限らず、大企業でも経営の悪化が問題になっている。
不僅中小企業，連大企業也面臨經營惡化的困境。

＊4. 答案 3

這棟公寓（　）屋齡老舊，還從黎明就開始聽見平交道的噪音，實在讓人難以忍受。

1 不分　2 整整　3 先不説　4 雖説…但

▲ 從列舉「建物が古い／屋齡老舊」與「〜音がうるさい／…的噪音」兩個惡劣事項知道，要填入（　）讓句子意思得以成立的是選項是3「はともかく／先不説…」。

▲「(名詞) はともかく」用於表達暫且不議論前項之意。暗示還有比其更重要的事項。例如：

・集まる場所はともかく、日にちだけでも決めようよ。
就算還沒決定集合的地點，總該先把日期定下來吧！

《其他選項》

▲ 選項1「を問わず／不分…」用於表達沒有把前項當作問題，任何一個都一樣之時。例如：

・コンテストには、年齢、経験を問わず、誰でも参加できます。
競賽不分年齡和經驗，任何人都可以參加。

▲ 選項2「にわたって(渡って)／整整…」表示涉及到的整個範圍之意。指場所或時間範圍非常大的意思。例如：

・討論は3時間にわたって続けられた。
討論整整進行了三個小時。

▲ 選項4「といっても／雖説…，但…」用於説明實際程度與想像的不同時。例如：

・庭にプールがあるといっても、お風呂みたいに小さなプールなんですよ。
院子裡雖然有泳池，但只是和浴缸一樣小的池子而已嘛！

問題2

＊5. 答案 4

他 3因為 在決賽中 1踢進 決勝負的 2一球 4這件事，而一躍成為英雄人物。

1 踢進　2 一球　3 因為　4 踢進

▲ 正確語順：彼は決勝戦で　2ゴールを　1決めた　4ことを　3きっかけに、一躍ヒーローになった。

▲ 從這句話知道，2「ゴールを」後面要接1「決めた」。又看到這也是句型「をきっかけに／以…為契機」的運用，意思是前項的踢進決勝的一球，觸發了後項一躍成英雄人物這一狀況的開端，所以3「きっかけに」前面要接4「ことを」。接下來知道1「決めた」後面要修飾4「ことを」。正確語順是「2→1→4→3」答案是4。

＊6. 答案 1

她 2不顧 3會弄髒 身上漂亮的 3衣服，抱起了 1溺水的 4小狗。

1 溺水的　2 不顧　3 會弄髒衣服　4 小狗

▲ 正確語順：彼女はきれいな　3服が汚れる　2のもかまわず　1おぼれた　4子犬を　抱き上げた。

▲「おぼれる（溺れる）／溺水的」指不會游泳淹沒在水中的樣子。「抱き上げた／抱起了」的前面按照順序應填入2→1→4。「きれいな／漂亮的」的後面應該連接3。

《確認文法》

▲「(名詞) もかまわず、([形容詞・動詞] 普通形) のもかまわず／（連…都）不顧…」表示不介意前項的事，不放在心上的意思。例如：

・彼は、みんなが見ているのもかまわず、大きな声で歌い始めた。
他不顧眾目睽睽，開始大聲唱起了歌。

02 時間

問題 1

「飼養寵物」

每年的 9 月 20 日至 26 日為動物愛護週。我想利用這次的機會，來針對愛護動物這件事來思考探討一下。

首先，針對人們生活中最親近的寵物來進行探討。飼養貓狗 1 寵物有許多好處，不僅可以安定精神，也可以讓孤獨的心靈得到慰藉，此外，還可以學習到生命的重要性。寵物確實被當作是家庭成員中的一份子。

但是，最近，看到飼養寵物卻毫無責任感可言的人，也就是在寵物小巧可人的孩童時，還能精心照顧，可是等到寵物長大了，甚至年老了，2 棄寵物不顧的人。

只要飼養寵物，就必須負起照顧寵物一生的責任。為了不給周遭的人添麻煩，要注意牠們發出的吠叫聲，也要注重衛生習慣的培養，為了 3 而訓練牠們，衰老了也要負起責任看護照顧到最後等等。

4，針對野鳥或野生動物又該如何對待呢？對野生動物要注意的是，不要任意餵食。因為人類只要一餵食，5 將會讓牠們喪失了自立更生的能力。還有，因為能得到食物，也將不再害怕人類，在不久的將來也可能加害於人類。也就是人們的親切反而造成了反效果。不要餵食，只要保持適當距離觀察、保護野生動物最原始的樣貌就好了。

（注 1）愛護：愛惜並保護。

（注 2）ほったらかし：不予照顧，不愛護，置之不理。

＊1. 答案 4

1 説起	2 和…無關
3 不僅…而且…	4 等等

▲ 文中以「犬や猫／狗和貓」為例。而「（名詞）をはじめ／等等」用於表達舉出最具代表性的例子，而其他也相同之時。

《其他選項》

▲ 選項 1「といえば／說起」表承接某話題的內容，從這個話題引起別的話題之時。例如：

・きれいな花だね。花といえば、今週デパートでバラの花の展覧会をやってるよ。
好美的花唷！對了，說到花，百貨公司這星期有玫瑰花的展覽喔！

▲ 選項 2「を問わず／和…無關」表示跟前項沒有關係的意思。例如：

・マラソンは年齢を問わず、誰でもできるスポーツだ。
馬拉松是種不分年齡，任何人都可以進行的運動。

▲ 選項 3「ばかりか／不僅…而且…」表示除了前面的情況之外，還有後面的情況之意。例如：

・ここは駅から遠いばかりか、周りに店もない。
這裡不但離車站很遠，而且附近也沒有店家。

＊2. 答案 3

1 或是…但	2 從…角度看的話
3 於是就會	4 與…不符

▲ 從文中的「（無責任な人は、ペットが）大きくなったり、（さらに）老いたりすると、ほったらかす／（毫無責任感可言的人，在寵物）長大了、（甚至）年老了，就棄之不顧了」來推敲。要用表示到那時候總會發生某事的「すると／於是」。例句：

・このボタンを押すと、おつりが出ます。
只要按下這顆按鈕，找零就會掉出來。

＊3. 答案 3

1 寵物接受社會	2 社會接受寵物
3 寵物能夠被社會所接受	
4 社會能夠被寵物所接受	

▲ 這裡的答案是以寵物為主語所造的被動句。例如：

・私は人々に感謝される仕事がしたい。
我想要從事能得到人們感謝的職業。

＊4. 答案 1

1 於此同時	2 不僅如此
3 或者	4 儘管…，仍然…

▲ 相對於寵物，再舉出野生動物加以比較。

▲「一方／於此同時」用於並舉兩件事情進行比較。

《其他選項》

▲ 選項 2「そればかりか／不僅如此」表示除了某事物之外再加上其他的事物。例句：

・先輩には仕事を教えてもらった。そればかりか、ご飯もよくごちそうしてもらった。
學長教了我該怎麼工作；不但如此，他還時常請我吃飯。

▲ 選項 4「にも関わらず／儘管…，仍然…」表示不受前項影響之意。例如：

・強い雨にも関わらず、試合は続行された。
儘管當時雨勢猛烈，比賽仍然持續進行。

＊5. 答案 2

1 也許會	2 恐怕會
3 差點就可是…	4 不需要

▲「（名詞の、動詞辭書形、動詞ない形）おそれがある／恐怕會…」表示有發生某不良事件的可能性。

《其他選項》

▲ 選項 1「（動詞ます形）かねない／也許會…」也是表示也許有發生某不良事件的可能性，但是接續不對。

▲ 選項 3「ところだった／差點就…可是…」表示過去雖然有發生某不良事件的可能性，但現在已經沒有那種可能性了。例如：

・タクシーに乗ったので間に合ったが、あのまま電車に乗っていたら、遅刻するところだった。
幸好搭計程車才趕上了，要是那時候繼續搭電車，肯定遲到了。

▲ 選項 4「ことはない／不需要…」表示沒有做前項的必要之意。例如：

・謝ることはないよ。君は何も悪くないんだから。
不需要道歉，因為根本錯不在你嘛。

03 原因、結果

問題 1

不同的禮儀

在日本，致贈物品時習慣向對方說一句「區區小東西，不成敬意」。但是歐美人士的做法就不同了，他們會告訴對方「這是很好的東西」或是「這是非常高檔的東西」。

並且，歐美人士對於日本人的這種習慣 [1] 認為：

「拿自己覺得沒價值的東西送給別人，實在很失禮。」

[2] 我並不這麼認為。日本人是為了強調尊崇對方，因而用這樣的說法 [3] 貶低自己的東西。我覺得日本人的言下之意，其實應該是：「您實在了不起！與您的崇高相較，送給您的這件東西只能算是粗製濫造的小東西。」

相反地，日本人也譴責歐美贈禮時的習慣，認為那是「居然自己吹捧自己的東西！」

我認為這種想法也很奇怪。歐美人士之所以把自己口中形容是很高檔、很美味的東西送給人家，就是因為覺得對方是位了不起的人物，所以告訴對方：「您真了不起！這件好東西配得上您的崇高，[4]。」

[5]，不論是日本人或是歐美人士，二者心底的想法其實都相同，同樣是為了表示對方的崇高。同樣的思惟，卻使用完全相反的話語來表達，我認為這相當值得深究。

（注 1）粗末：品質不佳。

＊1. 答案 2

1 那樣　2 如此　3 於是　4 就這樣

▲ [1] 所指的是下一行的「つまらないと～失礼だ／沒價值的…實在很失禮」這一部分。由於是緊接在後面，知道正確答案應該是指近處的「こう／如此」。「こう」跟「このように／像這樣」意思相同。而「こうして／就這樣」是「このようにして／像這樣做」的簡略說法，由於是指動作的語詞，所以不正確。

＊2. 答案 2

1 這樣想嗎　2 是這樣嗎
3 原來是這樣　4 難道不是嗎

▲ 接下來的句子是「私はそうは思わない／我並不這麼認為」。這是用在敘述相反意見時，先詢問聽話者「そうだろうか／是這樣嗎」，然後得出「いや、そうではない／不，並非如此」這一結論的用法。此為其例。

＊3. 答案 2

1 只要　2 由於過度　3 到最後　4 儘管是

▲ 從 [3] 前後文的關係來看，得知答案要的是順接像「だから／因此」、「それで／所以」等詞。2 的「あまり／由於過度…」表示因為程度過高之意。後面應接導致跟一般結果不同的內容。

《其他選項》

▲ 選項 1「かぎり／只要…」表示限定。例如：

・ここにいる限り、あなたは安全です。
只要待在這裡，可以保證你的安全。

▲ 選項３「あげく／…到最後」表示負面的結果。例如：

・体を壊したあげく、会社を辞めた。
不僅失去了健康，到最後也只能向公司遞了辭呈。

▲ 選項４「ものの／儘管…卻…」表示逆接。例如：

・大学を卒業したものの、仕事がない。
儘管大學畢業了，卻找不到工作。

＊4. 答案 3

1 讓您收下	2 請容我收下
3 請您收下	
4 （看你可憐）那我就收了吧	

▲ 這裡要回答的是敬獻給對方物品之時所說的詞語。「受け取る／收下」的主語是「あなた／您」。

《其他選項》

▲ 選項１「せる／讓…」是使役形。例如：

・子供を塾に行かせます。
我讓孩子上補習班。

▲ 選項２「せてください／請讓…做…」以使役形來請對方允許自己做某事的說法。例如：

・私も勉強会に参加させてください。
請讓我也加入讀書會。

▲ 選項４「てあげます／（為他人）做…」強調自己為對方做某事的說法。例如：

・はい、どうぞ。忙しそうだから、コピーしておいてあげましたよ。
來，這給你。看你很忙的樣子，所以幫你影印好囉！

＊5. 答案 1

1 亦即　2 然而　3 因為　4 話說回來

▲ 看到以「どちらも／不論」開始的句子，得知內容應為總結上文的內容。「つまり／亦即」是到此為止所敘述的事情，以換句話說來總結的副詞。

04 條件、逆說、例示、並列

問題 1

＊1. 答案 3

無論是什麼樣的事件，如果不親赴現場親眼目睹，就（　）能夠感動讀者（　）。

1 就能寫出精彩的報導了
2 寫下精彩的報導
3 無法寫出…的精彩報導
4 去寫精彩的報導

▲「（動詞ない形、形容詞くない、形容動詞でない、名詞でない）ことには～／要是不…」表示如果不能做到前項，後項也就不能達成。後項一般是接否定意思的句子。例如：

・子供がもう少し大きくならないことには、働こうにも働けません。
除非等孩子再大一點，否則就算想工作也沒辦法工作。

＊2. 答案 2

假如能再給我一次機會，（　）。

1 真的太好了	2 這回絕對不再失敗
3 絕對辦不到	4 不要緊嗎

▲「（動詞辭書形）ものなら～／要是能…就…」表示如果前項可以實現的話，想做某事，希望做某事之意。例如：

・生まれ変われるものなら、次は女に生まれたいなあ。
假如還有來世，真希望可以生為女人啊！

▲ 本題的「這回絕對不再失敗」表示說話人的決心跟希望。

＊3. 答案 3

我和現在的太太相親時，(　)難為情(　)緊張，簡直不曉得該怎麼辦才好。
1 …等等　　2 或…之類
3 既…又…　　4 無論是…亦或是…

▲「(名詞、動詞辭書形、形容詞辭書形) やら〜やら／又…又…」用於列舉例子，表示又是這樣又是那樣，真受不了的情況時。例如：

・映画館では観客が泣くやら笑うやら、最後までこの映画を楽しんでいた。
觀眾在電影院裡從頭到尾又哭又笑地看完了這部電影。

《其他選項》

▲ 選項 1「や〜など／…和…之類的」用在列舉名詞為例子。例如：

・今日は牛乳やバターなどの乳製品が安くなっています。
牛奶和奶油之類的乳製品如今變得比較便宜。

▲ 選項 2「とか〜とか／或…之類」用於列舉名詞或表示動作的動詞，舉出同類型的例子之時。是口語形。例如：

・休むときは、電話するとかメールするとか、ちゃんと連絡してよ。
以後要請假的時候，看是打電話還是傳訊息，總之一定要先聯絡啦！

▲ 選項 4「にしろ〜にしろ／不管是…，或是…」用於表達不管哪一樣都一樣之時。例如：

・家は買うにしろ借りるにしろ、お金がかかる。
不管是買房子或是租房子，總之都得花錢。

＊4. 答案 4

苦惱了許久，(　)決定回國了。
1 由於　2 如果能　3 沒想到　4 最後

▲「(動詞た形) 末に〜／經過…最後」表示表示經過前項，最後得到後面的結果之意。例如：

・何度も会議を重ねた末に、ようやく結論が出た。
經過了無數次會議之後，總算得到結論了。

《其他選項》

▲ 選項 1「せいで／都怪…」用於表達由於前項的影響而導致不良的結果時。例如：

・少し太ったせいで、持っている服が着られなくなってしまった。
都怪胖了一點，現在的衣服都穿不下了。

▲ 選項 2「ものなら／如果能…」表示假定條件。例如：

・買えるものなら、今すぐ買いたい。
如果能買，真希望立即買。

▲ 選項 3「わりに (割に) ／雖然…但是…」用於表達事實跟所想的程度有出入時。例如：

・母は 50 歳という年齢のわりに若く見える。
家母雖是五十歲，但看起來很年輕。

問題 2

＊5. 答案 2

家母過世了。3 真希望可以回到 1 和溫柔的 1 媽媽 4 住在一起 的 2 孩提時光。
1 和媽媽　　2 孩提時光
3 真希望可以回到　　4 住在一起

▲ 正確語順：母が亡くなった。優しかった 1 母と 4 暮らした 2 子供のころに 3 戻れるものなら 戻りたい。

▲ 從「子供のころに戻る／回到孩提時光」來思量，順序就是2→3。空格前的「優しかった／溫柔的」之後應接「母／家母」，如此一來順序就是1→4。這一部分是用來修飾「子供のころ／孩提時光」的。

《確認文法》

▲「(動詞辭書形) ものなら／要是能…就…」表示如果能做前項的話之意。前面要接表示可能的動詞。例如：

・できるものなら、やってみろ。どうせお前にはできないだろう。
要是辦得到就試試看啊？反正你根本做不到吧！

＊6. 答案 2

4儘管有著 1身體的不便 卻 2總是面帶笑容的 3她，帶給大家無比的勇氣。

1 身體的不便　　2 總是面帶笑容的
3 她　　4 儘管有著

▲ 正確語順：1体に障害を　4抱えながら　2いつも笑顔の　3彼女は　みんなに勇気を与える存在だ。

▲ 本文的主語是選項3的「彼女は／她」，表示「她…存在意義」的句子。

▲ 1「体に障害を／身體的不便」應後接4「抱えながら／儘管有著」。「抱える／抱著」具有攜帶行李或承受擔憂等，負擔著難以解決的事物之意涵的動詞。另外，4的「ながら／儘管…卻…」表示逆接，1與4便成為「儘管有著身體的不便」之意。

▲ 雖想以3→1→4這樣的順序來進行排列，但這樣一來就無法填入2了，考量2的位置，試著將2接在3之前，前面再填入1跟4。

《確認文法》

▲「(名詞、名詞であり、動詞ます形、形容詞辭書形、形容動詞詞幹であり) ながら／雖然…但是…」用於表達前項的狀態與預想的有所出入之時。例如：

・残念ながら、パーティーは欠席させていただきます。
很遺憾，請恕無法出席酒會。

05 附帶、附加、變化

問題 1

〈閱讀的樂趣〉

大家常說現在的年輕人不怎麼看書了。根據 OECD 於 2009 年所做的調查，在日本，高達 44%的 15 歲青少年「未將閱讀視為嗜好」。

我認為年輕人不喜歡閱讀是件很遺憾的事，希望年輕人能夠看更多書。那麼，為什麼我會有這樣的想法呢？

首先，[1] 閱讀充滿了樂趣。我們能從書本中得到各式各樣的經驗——可以去到沒去過的地方，也可以回到過去或是前往未來。我們甚至能夠變成另一個人，還可以藉此 [2] 自己的知識。所以，我期盼年輕人能先體會到這樣的樂趣。

其次，閱讀也能幫我們廣交朋友。若有喜歡的作家，我會逐一閱讀他的著作，透過這樣的方式，[3] 可以讓我了解那位作家，儼然成為他的知音，並且由於和同樣喜歡那位作家的人們志趣相投，從而與他們結為好友。

不過，我尤其盼望年輕人能夠多閱讀的最重要理由是，希望他們能夠透過閱讀來增進自身的判斷力。人生在世，免不了遇上困難或遭逢不幸。[4] 實在不知道該如何是好、也沒有辦法和任何人商量的情況。我認為當面臨這種情況時，之前的閱讀經驗可以告訴你，自己並不是唯一遭遇這種事的人，其他人也會陷於同樣的困境，並且可以拿別人 [5] 克服這種煩惱與窘境的方法當作借鏡。

（注 1）OECD：經濟合作暨發展組織。

（注 2）意気投合：意氣相投，彼此的志趣十分契合。

（注 3）窮地：困境。

＊1. 答案 3

1 據説　2 似乎　3 因為　4 頂多

▲ 前面的文章提出疑問説「なぜそう思うのか／為什麼我會有這樣的想法呢」。這裡以「まず／首先」開頭的句子來回答該提問。而針對「なぜ／為什麼」的提問，回答要用「から／因為」。

＊2. 答案 1

1 增加　2 使增加
3 正在增加　4 正使其增加

▲ 這句話在説明，閱讀書籍會有什麼狀況發生，會有什麼變化呢？句子以「知識／知識」為主語，自動詞要選「増える／增加」。

＊3. 答案 4

1 就因為　2 既然…就…
3 當…的時候　4 不僅

▲ [3] 之前提到「可以讓我了解那位作家，儼然成為他的知音」，之後提到「和同樣喜歡那位作家的人們…，與他們結為好友」。這裡是「A だけでなく B も／不僅是 A 而且 B 也」句型的應用。

《其他選項》

▲ 選項 1「ばかりに／就因為…」表示就是因為某事的緣故之意。後面要接不好的結果。例如：

・携帯を忘れたばかりに、友達と会えなかった。
只不過因為忘記帶手機，就這樣沒能見到朋友了。

▲ 選項 2「からには／既然…就…」表示「既然…，理所當然就要」的意思。例如：

・約束したからには、ちゃんと守ってくださいね。
既然已經講好了，請務必遵守約定喔！

▲ 選項 3「に際して／當…的時候」是「當…之際」的意思。例如：

・出発に際して、先生に挨拶に行った。
出發前去向老師辭行了。

＊4. 答案 4

1 發生了　2 既然發生了
3 正在發生　4 説不定會發生

▲ 作者提出「希望他們能夠透過閱讀來增進自身的判斷力」，接下來舉出人生的各種情況後，再闡述那樣思考的理由。

▲ 情況 1：

「生きていると～不幸な出来事にあう」。
人生在世，免不了遇上困難或遭逢不幸。

▲ 情況２：

「～誰にも相談できないようなことも［4］」。
人也沒有辦法和任何人商量的情況［4］。

▲ 理由是：

「そんなとき、～教えてくれるのは読書の効果だと思うからだ」。
我認為當面臨這種情況時，之前的閱讀經驗可以告訴你。

▲ ［4］要填入表示可能性的４。

＊5. 答案 3

1 究竟　2 看來　3 如何　4 想辦法

▲ 從文中的「ほかの人たちが［5］～克服したのかを～／別人［5］…克服」這句話得知，這一部分是疑問句。而選項中的疑問詞只有３。

06 程度、強調、相同

問題１

＊1. 答案 4

(　)在學習(　)，朋友來找我玩。	
1 實在不能	2 不應該
3 沒有比…更…	4 正當…的時候

▲ 選項１「どころではない／實在不能…」表否定，表示沒有做某事的財力或閒暇等。

▲ 選項２「というはずではない／不應該…」表逆接的反預測。

▲ 選項３「ほど～はない／沒有比…更…」表比較，強調說話人主觀認為某事物是最高的之意。例如：

・今年の冬ほど寒い冬はない。
沒有比今年冬天更冷的冬天了。

▲ 選項４「ところに／正當…的時候」表時點。表示正在做某事時，發生了另外一件事。

▲ 從整個句子的意思來看，答案應該是「時間、時點」的表達形式。正確答案是４。

＊2. 答案 4

他是教師(　)也是一位優秀的研究員。 1 據說　2 別說　3 跟…一起　4 同時

▲ 選項１「とのことで／據說…」表傳聞，用來說明從他人那裡聽到的事情。

▲ 選項２「どころか／別說…」表對比，表示後項內容大多跟前項所說的相反。

▲ 選項３「といっしょに／跟…一起」表對象，前接對象，表示跟某人一起做某事的意思。

▲ 選項４「とともに／同時」表同時，表示前項跟後項同時發生。

▲ 從句意來看，選項１、２、３都不符狀況，答案應該是「同時」的表達形式。正確答案是４。

＊3. 答案 1

這麼炎熱的日子，(　)乖乖待在家裡了。 1 只好　2 幸好　3 越來越　4 就好像是

▲ 選項１「よりほかない／只好…」表讓步。指除此之外，沒有其他的方法或選項。

▲ 選項２「だけましだ／幸好…」表程度，表示情況雖不太好，但沒有更嚴重，幸好只到此為止。

▲ 選項３「いっぽうだ／越來越…」表傾向，表示事物的狀況，朝著某方向不斷地發展。

▲ 選項 4「かのようだ／就好像是…」表比喻，表示就像某事物，或跟它類似的東西一樣。

▲ 從句意來看，本句的答案是表示讓步的 1，而 2 表程度，3 表傾向，4 表比喻，在本句中意思不通。

＊4. 答案 4

狀況也好，對手又不強，我(　　)她(　　)會獲勝。	
1 只不過	2 按規定
3 達到…的程度	4 認為一定

▲ 選項 1「に過ぎない／只不過…」表主張，表示程度不過是那麼一點兒。

▲ 選項 2「ことになっている／按規定…」表約定，表示形成規矩、預定、習慣等。

▲ 選項 3「ほどだ／達到…的程度」表程度，表示某狀態到了什麼程度。

▲ 選項 4「に相違ない／認為一定…」表判斷，表示確信度很高的判斷、推測。

▲ 從句意可以看出，這是說話人通過自己的觀察，在進行判斷、推測，而選項 1、2、3 在本句裡，意思不通，所以正確答案是 4。

＊5. 答案 3

(　　)景氣的回復，公司的銷售額也(　　)增加。	
1 基於	2 按照…的要求
3 隨著…逐漸	4 正因為…才…

▲ 選項 1「にもとづいて／基於…」表依據，表示以某思想為方針，來做某事。

▲ 選項 2「にこたえて／按照…的要求」表相應，表示按其要求行事。

▲ 選項 3「にともなって／隨著…逐漸」表平行，表示在前項變化的牽動下，後項也隨著同步變化。

▲ 選項 4「てこそ／正因為…才…」表原因，表示做了前項才明白了某些事理、才有辦法達成後面的結果。例如：

・自分で作ってこそ、その難しさがわかる。
只有自己親自做了，才能明白其中的難處。

▲ 本句是表示「後項跟前項同步平行發生變化」的意思，這樣看來，1、2、4 三個選項都不能用。正確答案是 3。

＊6. 答案 3

心裡雖然放不下故鄉的母親，卻(　　)。	
1 偶爾打電話給她	2 擔心得不得了
3 已經三年沒回去了	4 預計下個月回去

▲「ながら／儘管…」是逆接用法。表示所做的行為與心裡所想相反。例如：

・彼が苦しんでいるのを知っていながら、僕は何もできなかった。
儘管知道他當時正承受著痛苦的折磨，我卻什麼忙也幫不上。

▲ 本題答案要能選出接在「心裡雖然放不下母親，卻…」這一意思後面的選項。

07 觀點、前提、根據、基準

問題 1

＊1. 答案 1

你知道日本酒(　　)米釀製而成的嗎？			
1 是由	2 是以	3 由	4 以…為本

▲ 這是表示原料的被動形。例如：

・日本の醤油は大豆から造られています。
日本的醬油是用黃豆釀製而成的。

※ 表示材料的被動形。例如：

・この寺は木で造られています。
這間寺院是以木材建造的。

＊2. 答案 1

今天的說明會，將(　　)這份時間表進行。

1 依照　2 朝著　3 按照　4 隨著

▲「(名詞) に沿って／按照…」表示符合前項，遵循前項之意。例如：

・本校では、年間の学習計画に沿って授業を進めています。

本校依循年度學習計劃進行授課。

《其他選項》

▲ 選項2「(名詞) に向けて／朝著」表示方向或目的地，也表示對象或目標。例如：

・警察は建物の中の犯人に向けて説得を続けた。

警察當時向房子裡的犯嫌持續喊話。

・試合に向けて、厳しい練習をする。

為了比賽而嚴格訓練。

▲ 選項3「(名詞) に応じて／按照…」表示根據前項的情況而進行改變、發生變化。例如：

・納める税金の額は収入に応じて変わります。

繳納的稅額依照收入而有所不同。

▲ 選項4「(名詞、動詞辭書形) につれて／隨著…」用於表達一方產生變化，另一方也隨之發生相應的變化時。例如：

・時間が経つにつれて、気持ちも落ち着いてきた。

隨著時間過去，心情也平靜下來了。

＊3. 答案 2

(　　)溫度的變化，電力消費量也跟著大幅修改。

1 根據　2 隨著　3 無論…與否…　4 按照

▲「(名詞する〈動詞的語幹〉、動詞辭書形) にしたがって／隨著…」表示隨著一方的變化，與此同時另一方也跟著發生變化。例如：

・父は年をとるにしたがって、怒りっぽくなっていった。

隨著年事漸高，父親愈來愈容易發脾氣了。

《其他選項》

▲ 選項1「に基づいて～／根據…」表示以前項為根據做後項的意思。例如：

・この映画は歴史的事実に基づいて作られています。

這部電影是根據史實而製作的。

▲ 選項3「にかかわらず／無論…與否…」表示與前項無關，都不是問題之意。例如：

・試験の結果は、合否にかかわらず、ご連絡します。

不論考試的結果通過與否，都將與您聯繫。

▲ 選項4「に応じて～／按照…」表示前項如果發生變化，後項也將根據前項而發生變化、進行改變。例如：

・お客様のご予算に応じて、さまざまなプランをご提案しています。

我們可以配合顧客的預算，提供您各式各樣的規劃案。

▲ 從後項將根據前項而相應發生變化這一點來看，4是不正確的。

＊4. 答案 4

(　　)嚴苛的環境(　　)，人才能更為堅強啊！

1 加上　2 就算…，也…

3 沒有…　4 在…之下

▲ 選項1「に加えて／加上…」表附加，表示在現有的事物上，再加上類似的事物。

▲ 選項2「にしろ／就算…，也…」表逆接條件，表示退一步承認前項，並在後

項中提出跟前面相反的意見。

▲ 選項３「ぬきでは／沒有…」表非附帶狀態，後接否定，表示除去一般應該有的前項，那後項將無從談起。

▲ 選項４「のもとで／在…之下」表前提，表示在受到某影響的範圍內，而有後項的情況。

▲ １、２意思不符合題意，３後面一般接否定。正確答案是４。

問題 2

＊5. 答案 1

關於離職這件事，我是 １經過 ３仔細的 ２思考之後 才做出了 ４決定。

１經過　２思考之後　３仔細的　４決定

▲ 正確語順：退職は、３よく　２考えた　１上で　４決めた　ことです。

▲ 選項１「上で／在…之後」表示先進行前項，再做後項的意思。從２與４的意思得知順序是２→１→４。而３應該接在２的前面。

《確認文法》

▲「（動詞た形、名詞の）うえで～／之後（再）…」用於表達先進行前面的某事，後面再採取下一個動作時。

＊6. 答案 3

你的收入似乎不太穩定，而且 １從 ４穿著打扮 １看起來 也還 ３像個學生，所以我實在不能同意 ２你和 我女兒結婚。

１從…看起來　２你和
３像個學生　４穿著打扮

▲ 正確語順：収入も不安定なようだし、４服装　１からして　３学生のような　２君と、うちの娘を結婚させるわけにはいかないよ。

▲ 由於選項１「からして／從…來看…」前面應接名詞，所以１要連接４。從句意知道要連接「君と娘を結婚～／你和我女兒結婚…」，因此４、１、３是用來修飾２。

《確認文法》

▲「（名詞）からして／從…來看…」用在舉出不重要的例子，表示重要部分當然也是如此的意思。例如：

・大田さんとは性格が合わないんです。彼女の甘えたようなしゃべり方からして好きじゃありません。
我和大田小姐個性不合，一點都不喜歡她那種撒嬌似的說話方式。

▲「（動詞辭書形）わけにはいかない／沒有辦法…」表示有原因而無法做某事之意。例如：

・これは大切な写真だから、あなたにあげるわけにはいかないんですよ。
這是很珍貴的照片，所以實在沒辦法給你喔！

08 意志、義務、禁止、忠告、強制

問題 1

〈自行車釀成的交通事故〉

近來，自行車釀成的交通事故日漸增加。就在幾天前才發生了一起這樣的車禍——某個中學生騎乘自行車上學的途中撞到了一位老人家，老人家應聲彈飛出去，落地時頭部受到嚴重的撞擊，於隔天離開了人世。

自行車是從明治三十年代開始大量普及的，於此同時，也逐漸發生了相

關的交通事故。根據統計，近年來自行車所導致的車禍，竟然每年超過了十萬件。自行車騎士最需要注意的是，在騎乘自行車的時候，必須將「自行車也屬於某種車輛」[1] 牢牢記在腦海裡。既然屬於車輛，原則上就應該行駛於車道，除非是標示著「自行車得以通行」的人行道才可以騎在上面。

[2]，即使是在人行道上，騎乘的時候也必須非常留意走在靠近車道的行人。此外，當騎在車道上的時候，[3] 騎在車道的最左側。

最近，路上裝設了「人車分離式交通號誌」，也就是在十字路口，朝相同方向前進的車輛和行人的交通號誌各不相同。據說自從裝設這種交通號誌之後，大幅減少了車輛與行人的交通事故。但是，假如自行車騎士和車輛駕駛人都不知道騎著自行車過馬路的人必須遵守車輛的號誌，這時候 [4] 自行車反倒會遭到車輛的追撞而發生事故。

除此之外，我最近在路上還目睹了令人心驚膽戰的自行車騎法，例如戴著耳機騎車，或者 [5] 行動電話一邊騎車。這些舉動同樣都違反了交通規則，但是目前大眾不太了解有這樣的規則。

總而言之，值此自行車造成的車禍急遽增加的現況，我認為行政單位必須盡快做出因應的對策。

＊1. 答案 3

1 像這樣的事	2 之事
3 這件事	4 據説是那樣的東西

▲「ということ／這件事」用於具體説明內容之時。本文針對在騎乘自行車的時候，必須牢牢記在腦海裡的事情是「自転車は車の一種である／自行車是屬於車子的一種」這一具體的説明。例如：

・この文書には歴史的価値があるということは、あまり知られていない。
知道這份文件具有歷史價值的人並不多。

＊2. 答案 1

1 然而	2 不僅如此
3 可是	4 因此

▲ 推敲 [2] 前後文的關係，前文是敘述有「歩道を走ることができる／得以通行在人行道上」的情況，而後文則敘述在該情況下的條件。

▲ 選項 1「ただ／然而，但是」用在先進行全面性敘述，再追加條件及例外的情況。例如：

・森田先生は生徒に厳しい。ただ、努力は認めてくれる。
森田老師對學生很嚴格；但是，他也會把學生的努力看在眼裡。

《其他選項》

▲ 選項 2「そのうえ／不僅如此」表示再增添上相同的事物。例如：

・先輩にご飯をおごってもらった。そのうえタクシーで送ってもらった。
學長請我吃了飯，不僅如此，他還讓我一起搭計程車送我回家了。

▲ 選項 3「ところが／可是…」用在表示根據前項進行推測，但卻出現了與預料相反的後項。例如：

・昨日は暖かかった。ところが今日は酷く寒い。
昨天很暖和，可是今天卻異常寒冷。

▲ 選項 4「したがって／因此」表示以前文為理由，並連接後文。例如：

・大雪警報が出ています。したがって本日の講義は休講とします。
已經發布大雪特報，因此今天停課。

＊3. 答案 4

1 決不認定 2 決定 3 認定 4 一定要

▲ 表示規定要用自動詞「決まる／決定」的「ている形」變成「(～と) 決まっている／一定要…」，來表示持續著的狀態。與「(～することに) なっている／按規定…」用法相同。

《其他選項》

▲ 選項 1「まい／決不…」表意志，表示強烈的否定意志。例如：

・彼と二度と会うまい。
決不再跟他碰面。

＊4. 答案 2

1 難以	2 或許
3 現在難以	4 過去或許

▲「(動詞ます形) かねない／也許會…」表示有發生不良結果的可能性之意。「或許會發生事故」是「可能會發生事故」的意思。

《其他選項》

▲ 選項 4 由於説的是最近所裝設的交通號誌的可能性，而並非敘述過去的事情。

＊5. 答案 4

1 任憑使用	2 使用完之後就…
3 沒能使用就…	4 一邊使用

▲ 由於「戴著耳機騎車」與「5 行動電話一邊騎車」兩件事並列。「付けて／戴著」表示配戴著的狀態。而表示正在使用中這一狀態的是，表達同時進行兩個動作的 4「(動詞ます形) ながら／邊…邊…」。例如：

・寝ながら勉強する方法があるらしい。
據說有一面睡覺一面學習的方法。

《其他選項》

▲ 選項 1「まま／任人擺佈」表意志，表示立場被動，沒有自己的主觀判斷。例如：

・店員に勧められるままに、高い洋服を買ってしまった。
任由店員推薦，就買了一件昂貴的洋裝。

▲ 選項 2「きり／自從…就一直…」表示自前項以後，便未發生某事態之意。例如：

・息子は朝出かけたきり、まだ帰りません。
我兒子自從早上出了門，到現在還沒回來。

▲ 選項 3「ずじまいだ／（結果）沒能…」表示沒能做成某事，就這樣結束了之意。例如：

・幸子さんとはとうとう会えずじまいだった。
終究沒能和幸子小姐見上一面。

09 推論、預料、可能、困難

問題 1

＊1. 答案 2

不管是電話號碼還是電子郵件帳號統統不知道，根本(　　)聯絡上他。	
1 難以	2 沒辦法
3 總不能	4 不是那個時候

▲ 從題目可以知道，目前的狀況是説話者沒有聯絡對方的管道。「(動詞ます形) ようがない／無法…」用在想表達即使想做某事也沒有方法，以致於辦不到的時候。例如：

・彼には頑張ろうという気持ちがないんで

す。助けたくても私にはどうしようもありません。
他根本沒有努力的決心，就算我想幫忙也幫不上忙。

《其他選項》

▲ 選項１「がたい／難以…」表示難以實現該動作的意思。例如：

・彼の態度は許しがたい。
他的態度讓人無法原諒。

▲ 選項３「わけにはいかない／不能不…」用於表達根據社會上的、道德上的、心理上的因素，而無法做某事之意。例如：

・今日の食事会には先生もいらっしゃるから、時間に遅れるわけにはいかない。
今天的餐會老師也將出席，所以實在不好意思遲到。

▲ 選項４「どころではない／不是…的時候」用於表達因某緣由，沒有餘裕做前項的情況時。例如：

・明日試験なので、テレビを見るどころじゃないんです。
明天就要考試了，現在可不是看電視的時候。

＊2. 答案 2

即使是優秀的運動員，也（　）就能成為優秀的教練。
1 說不定　2 未必　3 肯定是　4 就是這樣

▲「（普通形）からといって／即使…，也不能…」後面伴隨著部分否定的表達方式，表示「（即使）根據前項這一理由，也會跟料想的有所不同」之意。例如：

・アメリカで生まれたからといって、英語ができるとは限らない。
雖說是在美國出生的，未必就會說英語。

▲ 選項２「わけではない／並不是…」表示不能說全部都如同前項所言，是部分否定的表達方式。例如：

・着物を自分で着るのは難しい。日本人なら誰でも着物が着られるというわけではない。
自己穿和服很不容易，並不是任何一個日本人都懂得如何穿和服。

▲ 本題要說的是不能以優秀的運動員為理由，就說所有的人都能成為優秀的教練。

《其他選項》

▲ 選項１「（動詞ます形）かねない／說不定將會…」表示有發生前項這種不良結果的可能性。例如：

・そんな乱暴な運転では、事故を起こしかねない。
開車那樣橫衝直撞，說不定會引發交通意外。

＊3. 答案 3

同事的迎新會決定去唱卡拉 OK 了。我雖然歌唱得不好，（　）連一首都不唱吧。
1 肯定是不　　2 實在忍不住不
3 總不能　　4 若能不…就再好不過了

▲「（動詞ない形）ないわけにはいかない／總不能…」表示由於某緣故不能不做某事之意。例如：

・責任者なので、私が先に帰るわけにはいかないんです。
由於是負責人，我總不能自己先回去。

《其他選項》

▲ 選項１「名詞；形容動詞詞幹；［形容詞・動詞］普通形＋に相違ない／肯定是…」表示說話人根據經驗或直覺，做出非常肯定的判斷。例如：

・努力家の彼ならきっと合格するに相違ない。
以他那麼努力，一定會通過測驗的！

▲ 選項２「（動詞ない形）ないではいられない／不由自主地…」表示意志力無法

控制地做前項，不由自主地做前項的心情之意。例如：

・被災地のことを思うと、1日も早い復興を願わないではいられません。
一想到災區，忍不住衷心祈禱早日恢復原貌。

▲ 選項4「([形容詞・動詞]普通形現在)に越したことはない／最好是…」表示理所當然以前項為好的意思。例如：

・何でも安いに越したことはないよ。
什麼都比不上便宜來得好！

＊4. 答案 1

我們遇上塞車了。照這樣下去，說不定下午的會議會(　)哦！
1 遲到　　2 提早到達
3 趕上　　4 趕不上

▲「(動詞ます形) かねない／很可能…」用於表達有發生前項這種不良結果的可能性之時。例如：

・彼はすごいスピードを出すので、あれでは事故を起こしかねないよ。
他車子開得那麼快，不出車禍才奇怪哩！

《其他選項》

▲ 選項2、3意思是相反的。選項4由於「かねない」的前面不能接否定形，因此不正確。

＊5. 答案 1

對我來說，(　)理解這麼難的數學。
1 沒辦法　2 難以　3 無法　4 不能做

▲ 能夠用於表示沒有能力的只有選項1。

《其他選項》

▲ 選項2、3、4雖都表示無法做某事之意。但都不能用於表示沒有能力的意思上。

▲ 選項2「がたい (難い) ／難以…」表示難以實現該動作的意思。例如：

・あの優しい先生があんなに怒るなんて、信じがたい気持ちだった。
我實在難以想像那位和藹的老師居然會那麼生氣！

▲ 選項3「かねる／無法…」用於表達在該狀況或條件，該人的立場上，難以做某事時。例如：

・お客様の電話番号は、個人情報ですので、お教え出来かねます。
由於顧客的電話號碼屬於個資，請恕無法告知。

▲ 選項4「わけにはいかない／不能…」用在由於社會上、道德上、心理因素等約束，無法做某事之時。

＊6. 答案 1

她光用家裡現有的材料，就(　)足以讓人大為吃驚的菜餚。
1 能夠做出　2 得到製作　3 ×　4 ×

▲ 從「她光用…的材料，美味的菜餚」意思來推敲，得知要選擇「作ることができる／能夠做出」。

《其他選項》

▲ 選項2「得る／可能」雖然表示可能，有發生前項的可能性之意，但不使用在特定的人之一般能力（如會做菜等）相關事項上。例如：

・両国の関係は話し合いの結果次第では改善し得るだろう。
兩國的關係在會談之後應當呈現好轉吧！

▲ 選項3「にすぎない／只不過…」表示只不過是前項而已，僅此而已沒有再更多的了。例如：

・歓迎会の準備をしたのは鈴木さんです。私はちょっとお手伝いしたにすぎないんです。
負責籌辦迎新會的是鈴木同學，我只不過幫了一點小忙而已。

▲ 選項 4「かねない／很可能…」表示有可能出現不希望發生的某種事態。例如：

・あいつなら、お金のためには人を殺しかねない。
那傢伙的話，為了錢甚至很可能會殺人。

10 樣子、比喻、限定、回想

問題 1

〈自動販賣機的王國——日本〉

只要投錢進去就會掉出香菸或飲料的機器稱為自動販賣機，日文簡稱「自販機」，在日本的普及率 1 高達世界第一，因此日本稱得上是自動販賣機的王國。外國人對於日本的自動販賣機數量之多感到驚訝，聽說甚至有人覺得新奇，還特地拍下自動販賣機的照片。

有一位在澀谷開店的老闆在看到那些外國人的反應之後，靈機一動，2 設計出能夠購買日本伴手禮的自動販賣機。據說那位老闆是將一般販賣香菸或飲料的自動販賣機，親手加工改造而成的。

那台自動販賣機銷售的是日式手巾、飾品等等日本傳統的物品與繪有日本風情圖案的小玩意，價格訂為一千日圓左右，即使店鋪打烊之後的深夜時分也能購買。絕大多數的顧客都是外國人，他們對這個巧思讚不絕口：「果然只有在治安良好的日本才能採用這種銷售方式！」、「真不愧是先進的日本技術！」

商店打烊之後的夜裡也能購買，就這點而言確實便利；3 能夠輕鬆容易買到漏買的贈禮，這一點也相當讓人感謝。然而，我實在無法認同這種 4 一句話 4 就銷售或購買物品的交易方式。尤其是將具有日本傳統文化的物品賣給外國人的時候，更是如此。比方賣日式手巾的時候，應該以口頭說明那是用來擦拭臉部和身體的用品，5 如果顧客買下，就該誠心誠意向顧客道謝說聲「感謝」，那才是對購買商品的客人應盡的禮儀，不是嗎？

(注 1)渋谷：澀谷，東京地名。

(注 2)手ぬぐい：日式手巾。

(注 3)テクノロジー：技術。

＊1. 答案 1

1 堪稱	2 能夠…的…
3 既然…就…	4 依舊

▲ 這裡是針對日本自動販賣機的普及率有多高而進行說明。強調程度的高度時用「ほど(の) ／堪稱」。例如：

・今回の君の失敗は、会社がつぶれるほどの大きな問題なんだよ。
你這次失敗是相當嚴重的問題，差一點就害公司倒閉了！

※「ほど」與「くらい／到…程度」意思相同。

《其他選項》

▲ 選項 2「だけの／能夠…的…」表示範圍。例如：

・できるだけのことは全部しました。
能夠做的部分，已經統統都做了。

▲ 選項 3「からには／既然…，就…」表示既然做了前項，後項就理所當然的意思。例如：

・やるからには全力でやります。
既然要做，就得竭盡全力！

▲ 選項 4「まま／依舊」表樣子，表示保持原始的樣貌、狀態等。例如：

・この辺りは相変わらず不毛なままだ。
這一帶至今還是一塊不毛的荒地。

＊2. 答案 3

1 更加	2 果然	3 居然	4 一提起

▲「なんと／居然」是對接下來即將敘述的內容表現出驚訝或感動的語詞。例如：

・おめでとうございます。なんと 100 万円の旅行券が当たりましたよ。
恭喜！您抽中了價值百萬圓的旅遊券喔！

《其他選項》

▲ 選項 1「さらに／更加」表示程度比現在更有甚之。例如：

・バターを少し入れると、さらにおいしくなります。
只要加入一點點奶油，就會變得更美味。

▲ 選項 2「やはり／果然」是和預想的一樣的意思。也用「やっぱり」的形式。

▲ 選項 4「というと／一提到…」表示從某個話題引起聯想之意。例如：

・上海というと、夜景がきれいだったのを思い出す。
一提到上海，就會回憶起那裡的美麗夜景。

＊3. 答案 2

1 換句話説	2 況且	3 相較於此	4 因為

▲ 前文有「便利」，後文有「相當讓人感謝」。由於前後説的都是好事，所以選表示再添加上相同事物之意的 2「それに／況且」。

《其他選項》

▲ 選項 1「つまり／換句話説」用在以別的説法來換句話説之時。例如：

・この人は母の姉、つまり伯母です。
這一位是媽媽的姊姊，也就是我的阿姨。

▲ 選項 3「それに対して／相較於此」用於比較兩件事物之時。

▲ 選項 4「なぜなら／因為」用於説明理由的時候。

＊4. 答案 1

1 連…也沒有	2 正因為
3 只要…就…	4 沒有…就（不能）…

▲ 本題要從前後文的「一句話」與「就銷售或購買物品的交易方式」兩句話的關係進行推敲。在「自動販賣機」購物「一句話」都不用講。作者指出實在無法認同，因此，必須選出意思為「一句話都沒有説的狀態下」的選項出來。

《其他選項》

▲ 選項 3「かぎりは／只要…就…」表限定，表示在前項狀態持續期間，就會發生後項的狀態。例如：

・返済に追われているかぎり、人生は変えられないだろう。
只要債務不斷纏身，人生就難以改變吧！

▲ 選項 4「を抜きにしては／沒有…就（不能）…」用於表示沒有前項，後項就很難成立之意。例如：

・鈴木選手の活躍を抜きにしては、優勝はあり得なかった。
沒有鈴木運動員活躍的表現，就不可能獲勝了。

＊5. 答案 3

1 如果能買	2 如果買給他
3 如果顧客買下	4 如果能夠為他買下

▲ 前一句話有「賣給外國人的時候」，得知

主語是賣方的業主。站在業主的角度的話，句子就成為「我(給外國人)…說明，道謝…」了。這樣一來 5 就要填入意思為「(我)在外國人買下日式手巾的時候」的內容。

11 期待、願望、當然、主張

問題 1

「結構です」

該如何正確運用「結構です」這句日語，相當不容易掌握。

比方說，到別人家作客時，主人說：「家裡有甜點， 1 ？」這時候，有以下兩種回答的方式：

A：「喔，好啊，那就不客氣了。」

B：「不，不用了。」

回答 A 的「結構」意思是「好呀」，表示贊同對方。

2 ，回答 B 的「結構」則是委婉拒絕對方，表示不再需要了。同樣一句「結構」，卻含有完全相反的語意。因此，當邀請對方吃甜點的人說出「要不要嚐一些呢」之後，在聽到對方回答「結構」時，必須根據其前後的語句，比如回答 A 的「那就不客氣了」或是回答 B 的「不」，以及對方說話的口吻和語氣 3 。這在日本人看來很簡單，但 4 外國人 4 或許很難辨別該如何正確運用。

此外，「結構」還有另一個有點模糊的含意。

5 ，「這個還滿好吃的唷！」「挺適合你的嘛！」。這裡的「結構」，意思是「相當地、頗為」。與「非常、極為」相較之下，程度略低一些。

總而言之，「結構」是一個頗為模糊的詞語。

＊1. 答案 3

1 可以給我嗎	2 能不能給我
3 要不要嚐一些呢	4 您在不在

▲ 這是推薦事物所用的語詞。「いかがですか／要不要嚐一些呢」是有禮貌的說法。

＊2. 答案 1

1 相較於此	2 不僅如此
3 還是說	4 即便

▲ 2 前面的文章是在說明 A，後面的文章是在說明 B。

▲「(名詞、[形容詞・動詞]普通形＋の)に対して／對(於)…」表示與前項相比較，與前項情況不同的意思。例如：

・工場建設（こうじょうけんせつ）について住民（じゅうみん）の意見（いけん）は、賛成（さんせい）20%に対（たい）して、反対（はんたい）は60%にのぼった。
關於建蓋工廠，當地居民有 20%贊成，至於反對的人則高達了了 60%。

＊3. 答案 4

1 ×	2 不愧是	3 成為	4 總是

▲「ことになる／總是…」用在表達從事實或情況來看，當然會有如此結果時。例如：

・頭（あたま）のいい彼（かれ）とゲームをすると、結局（けっきょく）いつも僕（ぼく）が負（ま）けることになるんだ。
每次和頭腦聰明的他比賽，結果總是我輸。

《其他選項》

▲ 選項 2「だけのことはある／不愧是」表符合期待，表示正面的評價，的確是

名副其實的意思，含佩服、理解的心情。例如：

・この建物は実にいい、さすが有名な建築家が作っただけのことはある。
這棟建築物真是精巧美麗，果然不愧是名建築家的手筆。

＊4. 答案 2

1 相對於…	2 對…而言
3 因為…而	4 就…來説

▲ 相較於「這在日本人看來很簡單」，而「但 4 外國人 4 或許很難」。「(名詞) にとって／對於…來説」表示站在前項的立場，來判斷的意思。

《其他選項》

▲ 選項 1，請參閱 2 。

▲ 選項 3「によっては／因為…」表示就是因為前項的意思。例如：

・少子化によって小学校の閉鎖が続いている。
受到少子化的影響，小學一所接著一所停辦。

▲ 選項 4「にしては／就…而言算是…」表示以前項這一現實的情況，跟預想的出入很大的意思。例如：

・今日は5月にしては暑いね。
以五月來説，今天真熱呀！

＊5. 答案 2

1 那是因為	2 舉例來説
3 也因此	4 也就是説

▲ 5 前面的文章説的是「結構／非常」的另一層意思。後面的文章則舉例加以説明。而 2 是用在舉例進行説明的時候。

《其他選項》

▲ 選項 1「なぜなら／那是因為」用在説明原因、理由的時候。例如：

・彼を信用してはいけない。なぜなら彼は今までに何度も嘘をついたからだ。
不可以相信他！因為他到目前為止，已經撒過好幾次謊了。

▲ 選項 3「そのため／也因此」用在敘述原因、理由之後，説明導致其結果的時候。例如：

・担任が変わった。そのためクラスの雰囲気も大きく変わった。
班級導師換人了，因此班上的氣氛也有了很大的變化。

▲ 選項 4「ということは／也就是説」以簡單易懂的方式進行解釋的時候。例如：

・今期は営業成績がよくない。ということはボーナスも期待できないということだ。
這一期的業務績效並不佳。也就是説，獎金沒指望了。

12 肯定、否定、對象、對應

問題 1

＊1. 答案 3

(　)害怕搭飛機，但一想到萬一發生意外，可以的話還是盡量避免搭乘。
1 難怪　2 不可能　3 雖不至於　4 何止

▲「盡量避免搭乘（飛機）」的理由，是因為前面的「一想到萬一發生意外」。由此得知答案(　)要選擇表示否定前面「害怕搭飛機」的理由的語詞。

▲「([形容詞・動詞] 普通形) わけではない／並不是…」用在想説明前項並不是特別的原因的時候。例如：

・私は映画はほとんど見ないが、映画が嫌いなわけじゃない。時間がないだけなんです。

我雖然幾乎不看電影，但並不是討厭電影，只是因為沒空。

※「わけではない／並不是…」其他還用在表示並非全部都如前項的部分否定的意思。例如：

・大学には行きたいけど、どこでもいいわけではない。
雖然想上大學，但並不是隨便哪一所學校都無所謂。

《其他選項》

▲ 選項 1「わけだ／難怪…」用於表達必然導致這樣的結果時。例如：

・寒いわけだ。窓が開いてるよ。
難怪覺得冷，原來窗子開著嘛！

▲ 選項 2「わけがない／不可能…」用於表達絕對不可能的時候。例如：

・こんな難しい問題、できるわけがない。
這麼難的問題，我怎麼可能會！

▲ 選項 4「どころではない／何止…；哪裡還能…」有以下兩個意思。

① 程度不同。例如：

・彼は日本語が話せるどころではない、日本の大学を卒業している。
他豈止會講日語，人家還是從日本的大學畢業的。

② 因某緣由，沒有餘裕做前項的情況。例如：

・仕事が忙しくて、ゆっくり食事をするどころじゃないんです。
工作忙得要命，哪有時間慢慢吃飯！

＊2. 答案 2

關於開發森林的議題，在村會議中（　）。
1 由村長舉行了演説　2 反對派占多數
3 持續了討論　4 陳述自己的意見吧

▲「(名詞) をめぐって／圍繞著…」用在針對（　）的內容進行議論、爭執、爭論的時候。例如：

・親の残した遺産を巡って兄弟は醜い争いを続けた。
兄弟姊妹為了爭奪父母留下來的遺產而不斷骨肉相殘。

問題 2

＊3. 答案 4

原本已經計畫好這個週末出門旅行，沒想到 3家母 1突然 3病倒了，根本沒 4那個 2心情 去玩了。
1 突然　2 心情　3 病倒了　4 那個

▲ 正確語順：週末は旅行に行く予定だったが、1突然 3母が倒れて 4それ 2どころ ではなくなってしまった。

▲ 留意 2 的「どころ／心情」部分，可知這是句型「どころではない／哪裡還能…」的應用。「どころではない」前面要填入的是名詞的 4。而之前應填入 1 與 3。

《確認文法》

▲「(名詞、動詞辭書形) どころではない」用於表達沒有餘裕做前項的時候。例如：

・明日は大雨だよ。登山どころじゃないよ。
明天會下大雨啦，怎麼可以爬山呢！

＊4. 答案 3

這種藥的 3服用 4方式，請 1依照 當下 2疼痛的程度，每次吃一粒至最多三粒。
1 依照　2 疼痛的程度　3 服用　4 方式

▲ 正確語順：この薬は、1回に1錠から3錠まで、その時の 2痛みに 1応じて 3使う 4ようにして ください。

▲ 選項 2 的「痛み／疼痛」是形容詞「痛

い／痛」的名詞化用法。「(名詞) に応じて／依照…」表示依據前項的情況，而發生變化的意思，由此得知 2 與 1 連接。「(動詞辭書形) ようにします／為了…」表示為了使該狀態成立，而留意、小心翼翼的做某事之意。得知 3 與 4 連接，並填在「ください／請…」之前。

▲ 從句尾的「てください／請…」得知這是醫生在說明藥物的使用方法。

《確認文法》

▲「(名詞) に応じて／依照…」的例子。

・有給休暇の日数は勤続年数に応じて決まります。
　有薪年假的日數依年資而定。

＊5. 答案 2

即使是在同樣的地方，2 視　3 攝影師　4 的技術，有時候可以拍出　1 壯觀的風景。

1 壯觀的風景　2 視　3 攝影師　4 的技術

▲ 正確語順：同じ場所でも、写真にすると　3カメラマン　4の腕　2次第で　1すばらしい景色　に見えるものだ。

▲「に見える／展現出」前面應填入 1 。接下來雖然想讓 3 、2 相連，但由於「腕／技術」是表示技術的意思，所以 3 的後面應該連接 4 ，之後再接 2 。

《確認文法》

▲「(名詞) 次第だ／要看…而定」用於表達全憑前項的情況而決定的意思。例如：

・試験の結果次第では、奨学金がもらえるので、がんばりたい。
　獎學金能否申領，端視考試結果而定，所以我想努力準備。

＊6. 答案 2

2 根據　1 故事的　3 內容，挑選　4 演出　的演員。

1 故事的　2 根據　3 內容　4 演出

▲ 正確語順：1物語の　3内容に　2応じて、4演じる　俳優を選びます。

▲ 首先注意 2 的「応じて／按照」部分，知道這是句型「に応じて／根據…」的運用，所以 3 要連接 2 。從句意知道，「内容に応じて／根據內容」前面要填入 1 的「物語の／故事的」；後面要填入 4 的「演じる／演出的」，來修飾「俳優／演員」。正確語順是「 1 → 3 → 2 → 4 」。

13　值得、話題、感想、埋怨

問題 1

＊1. 答案 1

A：「這部影集很好看喔！」
B：「(　　)影集，我上次在原宿看到了那個女演員北川里美喔！」

1 說到　2 提到　3 所謂　4 如果…就…

▲「(提起的話題) といえば／說到…」用在承接某個話題的內容，並由這個話題引起另一個相關話題的時候。例如：

・A：このドラマ、いいですよ。
　這齣影集很好看喔！

・B：ドラマといえば、昨日、駅前でドラマの撮影をしていたよ。
　說到影集，昨天有劇組在車站前拍攝喔！

《其他選項》

▲ 選項 2「といったら／提到…」用在一提到某事，馬上聯想到另一個相關話題的時候。例如：

・日本の花といったらやはり桜ですね。
提到日本的花，第一個想到的就是櫻花吧！

▲ 選項３「とは／所謂…」後接對前項內容進行說明定義的用法。例如：

・「逐一」とは、一つ一つという意味です。
所謂「逐一」的意思是指一項接著一項。

▲ 選項４「となると／如果…就…」表示如果發展到前項的情況，就理所當然導向某結論、某動作。例如：

・沢田さんが海外に赴任となると、ここも寂しくなりますね。
要是澤田小姐派駐國外以後，這裡就要冷清了呢。

＊2. 答案 2

她年輕時雖是個默默無聞的歌手，但是後來（　）了名氣響叮噹的女明星。

1 對…而言	2 成（成為）
3 在…這一點上	4 談到

▲「（名詞）として〜／以…身份」表示以前項的立場、資格、身份之意。「…」後面要接表示行動或狀態的敘述。例如：

・私は交換留学生として日本に来ました。
我是以交換學生的身分來到日本留學的。

・彼は絵本作家として世界で高く評価されています。
他是享譽世界的繪本作家。

《其他選項》

▲ 選項１「（名詞）にとって／對於…來說」大多以人為主語，表示以該人的立場來進行判斷之意。例如：

・彼女にとって、歌はこの世で一番大切なものでした。
對她來說，歌唱曾經是世界上最重要的事。

▲ 選項３「（名詞）にかけては／在…這一點上」表示（名詞）在技術或能力上比任何人都優秀之意。例如：

・私は声の大きさにかけては誰にも負けません。
我的大嗓門絕不輸給任何人。

▲ 選項４「（承接話題）といえば／談到…」用在承接某個話題，並由這個話題引起另一個相關話題的時候。例如：

・A：このレストラン、おいしいと評判ですよ。
大家都稱讚這家餐廳好吃喔！

・B：おいしいといえば、この間もらった京都土産のお菓子、とってもおいしかったです。
說到好吃，上次收到從京都帶回來的糕餅伴手禮，真是太好吃了！

＊3. 答案 4

（　）那是抱怨訴苦，（　）是恐嚇啊。

1 說是也	2 說是
3 說起	4 與其說…，還不如說…

▲ 選項３「というと／說起…（就會想起）」表話題，表示承接話題，並進行有關的聯想。

▲ 選項４「というより／與其說…，還不如說…」表比較。表示在比較過後，後項的說法比前項更恰當。

▲ 本句是表示「與其說…（轉換說法），不如說…更為合適」的意思，這樣看來，１、２、３三個選項都不能用。正確答案是４。

＊4. 答案 3

（　）日本的傳統文化，（　）有插花跟茶道。

1 所謂的…就是…	2 如果…
3 說起…（就會想起）	4 雖說…但…

▲ 選項１「ということは／所謂的…就是…」表話題，用在帶著感情說明事情的特徵、

本質等，後接感慨句子。

▲ 選項２「とすると／如果…」表假定條件，表示如果是那樣的話，將會發生什麼。

▲ 選項３「といえば／說起…（就會想起）」表話題，表示承接話題，並進行有關的聯想。

▲ 選項４「といっても／雖說…但…」表逆接讓步。雖說前項是事實，但程度很低。

▲ 這是順接的句子，先承接前項的話題，然後引起後項另一個相關話題的句子。而１後面要接感慨句子，２、４不符句子的意思。所以正確答案是３。

＊5. 答案 1

（　）足球知識（　），誰也比不過他。

1 在…方面	2 根據…
3 對…來說	4 對…

▲ 選項１「にかけては／在…方面」表話題，表示比任何人能力都強之意。

▲ 選項２「によっては／根據…」表對應，表示後項的情況，會因為前項的人事物等不同而不同。

▲ 選項３「してみれば／對…來說」表立場，接人的名詞後，表示說話人跟其他人相比有不同的看法時。

▲ 選項４「にたいしては／對…；相對的是…」表對象跟對比，表示動作針對的對象，也表示前後敘述的是兩個相反的內容。

▲ 從句子的整體意思來看，應該是用「話題」的表現方式，所以只能用選項１。

問題 2

＊6. 答案 2

在 4絕不放棄 3這一點 2上 我絕不輸 1給任何人。

1 給任何人	2 …上
3 這一點	4 絕不放棄

▲ 正確語順：4あきらめない　3ことに　2かけては　1だれにも　負（ま）けません。

▲ 本題應從「だれにも負けません／絕不輸給任何人」這句話開始解題。「～にかけては／在…這一點上」句型中「～」處應填入４與３。

《確認文法》

▲「（名詞）にかけては」表示比任何人能力都強之意。例如：

・しゃべることにかけては、ホンさんがクラスで一番（いちばん）です。
在講話方面，洪同學稱得上全班第一。

Index 索引

あ

い

う

お

か

き

く

け

こ

さ

し

す

そ

心智圖 絕對合格 全攻略！
新制日檢！
N2必背必出文法（25K+MP3）

絕對合格 35

● 發行人 林德勝

● 著者 吉松由美・西村惠子・大山和佳子・山田社日檢題庫小組

● 出版發行 山田社文化事業有限公司
地址 臺北市大安區安和路一段112巷17號7樓
電話 02-2755-7622 02-2755-7628
傳真 02-2700-1887

● 郵政劃撥 19867160號 大原文化事業有限公司

● 總經銷 聯合發行股份有限公司
地址 新北市新店區寶橋路235巷6弄6號2樓
電話 02-2917-8022
傳真 02-2915-6275

● 印刷 上鎰數位科技印刷有限公司

● 法律顧問 林長振法律事務所 林長振律師

● 定價+MP3 新台幣354元

● 初版 2021年7月

© ISBN：978-986-246-617-9